FISCHER SAUERLÄNDER

Alle Bände der *Zimt*-Reihe:

Staffel I

Band 1: *Zimt und weg*

Band 2: *Zimt und zurück*

Band 3: *Zimt und ewig*

Sequel: *Zimt und verwünscht*

Staffel II

Band 1: *Zimt – Auf den ersten Sprung verliebt*

Band 2: *Zimt – Zwischen den Welten geküsst*

Band 3: *Zimt – Für immer von Magie berührt*

Weitere Informationen zum Programm von Fischer Sauerländer
auf *www.fischer-sauerlaender.de*

DAGMAR BACH

Zimt & verwünscht

Die vertauschten Welten der Victoria King

Sequel

FISCHER SAUERLÄNDER

Die Hörbücher zur Reihe,
gelesen von Christiane Marx, sind im Argon Verlag, Berlin,
erschienen und als Download und bei Hörbuch-Streaming-Diensten erhältlich.

3. Auflage, 2026

Erschienen bei Fischer Sauerländer Taschenbuch
Frankfurt am Main

Umschlaggestaltung: Inka Vigh
unter Mitarbeit von Dahlhaus & Blommel Media Design, Vreden
Umschlagillustration und Vignetten: Inka Vigh
Zuerst erschienen 2018 als Hardcover bei FISCHER KJB im
Fischer Kinder- und Jugendbuch Verlag, Frankfurt am Main
Satz: Pinkuin Satz und Datentechnik, Berlin
Druck und Bindung: GGP Media GmbH, Pößneck
Printed in Germany
ISBN 978-3-7335-0505-9

Kontaktadresse nach EU-Produktsicherheitsverordnung:
produktsicherheit@fischer-sauerlaender.de

Für alle Leserinnen und Leser,
die Vicky genauso ins Herz geschlossen haben wie ich –
und die sie genauso wenig loslassen wollen.
Dieses Buch ist für euch!

INHALTSVERZEICHNIS

1.

Der erste Samstag im neuen Schuljahr versprach ein echtes Highlight zu werden. Denn so sehr ich unsere Kleinstadt liebe, in der ich mit meiner Familie und meinen Freunden lebe, so sehr brauche ich auch manchmal Abwechslung.

Und Abwechslung hatte ich heute – in Form eines Ausflugs in die Großstadt, die knappe zwei Stunden von unserem Ort entfernt liegt.

»Wann sind wir denn endlich da?«, fragte Pauline gerade, als Dad den Blinker setzte und von der Autobahn abfuhr.

»In zehn Minuten. Und wenn nicht viel los ist, geht es vielleicht sogar noch schneller.«

Und wir waren tatsächlich schon mittendrin. Links und rechts von uns erstreckten sich nach Industriegebieten, ländlichen Vororten mit alten Villen und Gärten immer dichter werdende Häuserfronten, bis wir in die Nähe der lebhaften Innenstadt kamen. In der Ferne sah ich den hohen Fernsehturm – eines der Wahrzeichen der Stadt.

Mum hatte das Fenster am Beifahrersitz heruntergelassen, und die typische Großstadtmischung aus Abgasen und Asphalt erfüllte sofort das Wageninnere. Vor Vorfreude kribbelte es in meinem Bauch, und auch meine Freunde, die uns auf den Ausflug begleiteten, schauten sich gespannt um.

Hier und da erkannte ich ein prägnantes Gebäude oder einen Platz – da vorne war zum Beispiel dieses tolle Theater, in dem ich mal mit Mum in einer Vorstellung von *Der Kaufmann von Venedig* war, sonst kannte ich mich nicht besonders gut aus. Doch das änderte nichts an der Tatsache, dass ich dem heutigen Tag entgegenfieberte.

»Wir essen doch erst was, bevor wir losgehen, oder?«, sagte ich unruhig und dachte an das einsame Butterhörnchen, das ich heute zum Frühstück hatte. Zu mehr war ich nicht gekommen, obwohl wir erst am späten Vormittag losgefahren waren. Schwerer Fehler.

»Ihr müsst natürlich zu Alfredo, da gibt es die besten Piadine der Welt!« Mums Augen leuchteten, als sie sich in ihrem Sitz zu uns umdrehte. »Kennt ihr die? Das sind Teigfladen, gefüllt mit so tollem Antipasti-Gemüse, Rucola und Käse, und Alfredo macht einfach die besten, und man kann sich auch noch … ach, wisst ihr was? Wir bringen euch vorbei, und ich lade euch ein. Ihr braucht ja was im Magen, bevor ihr den ganzen Nachmittag durch die Stadt zieht. Die Zeit dafür haben wir doch noch, oder, Kenneth?«

Dad nickte, verließ die zweispurige Ringstraße und schlängelte sich kurz darauf zielsicher durch kleine Seitenstraßen. Er und meine Mum hatten sich in dieser Stadt beim Studium kennengelernt und hier ein paar sehr glückliche Jahre verbracht – demzufolge kannten sie sich bestens aus. Als Student lerne man seine Umgebung fürs Leben kennen, behaupteten beide immer. Allein deshalb, weil man kein Geld für ein Auto hat oder sich Selbiges für die U-Bahn sparen möchte.

Meine beste Freundin Pauline war jedes Mal ganz Ohr, wenn

meine Eltern von ihrer Zeit in der Stadt sprachen. Sie wollte auch studieren, am liebsten sofort. Vermutlich hätte sie dank ihres Superhirns sämtliche Aufnahmeprüfungen sogar schon jetzt, mit fünfzehn Jahren, geschafft, aber sie beteuerte immer wieder, dass sie warten und erst zusammen mit mir das Abi machen würde. Damit ich nicht so alleine war. (Und damit sie – den neuesten Liebesentwicklungen entsprechend – so lange wie möglich in der Nähe ihres Freundes Nikolas bleiben konnte.)

»Müssen wir wirklich noch ins Café? Ich hab gar keinen Hunger, ich würde gerne direkt los«, nölte Claire hinter mir.

Ja, Exerzfeindin Nummer eins war ebenfalls dabei, kaum zu glauben. Mit Betonung auf *Ex*. Denn auch wenn wir uns früher – na ja – nicht so gut verstanden haben, wurde Claire so langsam zu einer echten Freundin. Was allerdings nicht bedeutete, dass sie ihre alten Gewohnheiten ganz abgelegt hat – oder ihr Äußeres. Obwohl sie sonst auch oft gnadenlos overdressed und zu stark geschminkt ist, hatte sie sich heute besonders in Schale geschmissen. Vermutlich wollte sie sich auf keinen Fall als Landei die Blöße geben. Oder sie träumte immer noch davon, von Scouts entdeckt zu werden.

Jedenfalls trug sie einen ultrakurzen Rock mit stylishem Oversizeshirt und dazu ihre extrahohen Plateausandalen. Seit unserem letzten Schulausflug wusste ich allerdings, dass sie mit denen mindestens so schnell und lang laufen konnte wie unsere Klassenlehrerin Frau Geiger, die ausschließlich Gesundheitsschuhe trug und Waden hatte wie ein Fußballer. Unsere komplette Klasse war nach Claires Zehnkilometermarsch schwer beeindruckt gewesen. Noch dazu, als sie nach unserer Rückkehr kurz die Schuhe auszog und ihre Füße weder rot, geschwollen, schwitzig noch irgendwo aufgeschrubbelt waren. Inzwischen vermuteten Pauline und ich, dass sie Füße aus Stein hatte. Oder, bei *der* Schickimickifamilie, vielleicht aus Marmor.

»Keine Chance, Claire, wir sterben hier alle vor Hunger. Du wirst dich noch eine halbe Stunde gedulden müssen.« Konstantin, der neben mir in der mittleren Sitzreihe saß, meine Hand hielt und ungeduldig mit dem Fuß wippte, war unerbittlich. Kein Wunder. Sein Magen knurrte schon seit einer Stunde so laut, dass Dad zwischenzeitlich Angst hatte, dass etwas mit Franks Auto, das wir uns geliehen hatten, nicht stimmte, und deswegen sogar kurz rechts rangefahren war.

Claires Freund Leonard nickte heftig. »Wo Konstantin recht hat, hat er recht. Wenn ich nachher deine Tüten schleppen soll, brauche ich Kraft.«

Claire kniff die Lippen zusammen. Laut Mum steckte sie einfach noch in Verhaltensmustern fest, die sie zu lange antrainiert hatte und deshalb so schnell nicht mehr loswurde. Sie sei aber auf einem prima Weg, zu einem ganz normalen Mädchen zu werden. Oder so normal, wie Claire eben sein konnte.

Das durfte man natürlich vor ihr nicht laut sagen, aber ich fand, meine Mutter lag da gar nicht falsch. Claire tat zwar manchmal zickig, aber wenn man ihr Kontra gab, war sie null eingeschnappt, und sie konnte immer öfter sogar über sich selbst lachen. Mittlerweile verbrachte ich meine Zeit tatsächlich gerne mit ihr.

Und obwohl Claire zu Hause nur mit dem Finger schnippen

musste, wenn sie Lust auf einen Shoppingtrip in die Stadt hatte, bevorzugte sie offenbar unsere Begleitung – obwohl sie das so direkt nie sagte. Aber als sie neulich zu Besuch war und von unseren Plänen für das Wochenende Wind bekommen hatte, hatte sie so lange auf Mum eingeredet, bis die ihr angeboten hatte, mitzukommen. Und weil Claire entgegen ihrer Beteuerung mittlerweile nur noch ganz schlecht ohne Leonard sein konnte (sie bestritt nach dem schicksalhaften Abend von Pollys und Franks Caféeröffnung vor fünf Wochen, dass sie ihn eigentlich jede Minute des Tages um sich haben wollte), hatte Mum Tante Pollys Verlobten Frank gefragt, ob er uns nicht seinen VW-Bus leihen konnte.

Nachdem wir nun ein großes Auto und jede Menge Sitzplätze hatten, hatten Konstantin und Nikolas sich praktisch selbst eingeladen. Nicht, dass ich etwas dagegen hatte. Oder Pauline. Im Gegensatz zu Claire konnten sowohl meine beste Freundin als auch ich sehr gut zugeben, dass wir einfach sehr verliebt waren und so viel Zeit wie möglich mit unseren Freunden verbringen wollten.

Und so hatten wir uns an diesem Samstag zu acht auf den Weg in die Stadt gemacht – Claire, Leonard, Pauline, Nikolas, Konstantin, Mum, Dad und ich. Tante Polly und Frank kümmerten sich derweil um das *B&B.*

»Ah, da vorne ist *Alfredo's* schon, schaut mal. Und die Sonne scheint, dann könnt ihr draußen essen, so ein Glück!«

Claire legte schnell noch einmal Lipgloss nach, als Dad den Bus in eine Parklücke manövrierte und wir alle nacheinander ausstiegen, um Mum zu folgen, die bereits vorausgetänzelt war.

»Oh, hallo-oh, Alfredo!«, rief sie schon und winkte jemandem im Inneren des Ladens zu. Sie benahm sich, als würde sie jeden Morgen hier frühstücken. »Sucht euch einen Platz, ich bin gleich wieder da.«

Wir stellten schnell zwei Tische zusammen und setzten uns Schulter an Schulter auf die wackeligen Holzstühle, während Mum und Dad an der Bar standen und in ein angeregtes Gespräch mit dem Typen hinter der Theke vertieft waren. Warum wunderte ich mich eigentlich immer noch, dass sie auch hier alles und jeden kannten? So waren meine Eltern, jeder musste sie einfach ins Herz schließen und hielt ihnen auch dann noch die Treue, wenn er sie Jahre nicht gesehen hatte.

»Aber beeilt euch bloß. Das geht alles von meiner Shoppingzeit ab.« Claire konnte es nicht lassen, das Gemecker lag ihr echt im Blut. Wobei sie trotz alledem einen sehr interessierten Blick in die kleine Speisekarte warf, die auf dem Tisch lag. »Cool, die Fladen gibt's ja sogar in low carb.«

»Wer will denn *so was*?«, fragte Pauline und schnappte sich die andere Karte.

»Du offenbar nicht.«

»Du willst damit hoffentlich nicht sagen, dass ich es nötig habe!«

Claire sah Pauline ungerührt an. »Hast du nicht. Aber ein bisschen Sport würde dir trotzdem nicht schaden.«

»He, sag mal, was soll das denn jetzt –«

Nikolas fing an zu lachen und hörte selbst dann nicht auf, als Pauline ihn in den Oberarm boxte.

»Ich hab dafür andere Qualitäten«, sagte sie so würdevoll wie möglich. »Manchmal frage ich mich, warum ich nicht wirklich eine Klasse überspringe und euch alle hinter mir lasse!«

»Weil du uns dafür viel zu liebhast«, antwortete ich, lehnte mich zu ihr hinüber und gab ihr einen Schmatz auf die Wange. »Und jetzt such dir was zu essen aus. Etwas mit vielen Kohlenhydraten.«

Zu Claires großer Freude schaffte es der Koch, sechs Piadina-Fladen innerhalb von fünf Minuten fertigzuhaben. Und leider konnten wir es uns alle nicht nehmen lassen, sie ständig damit aufzuziehen, dass sie selbst – als Einzige – den Fladen mit extra viel Schinken und Doppelrahmfrischkäse genommen hatte.

»Die Kalorien hab ich im Handumdrehen wieder abtrainiert. Wusstest ihr, dass man beim Powershopping mindestens genauso viel Energie verbraucht wie beim Walking?«

Pauline stöhnte. »Gibt es in dieser neuen Trendsportart auch Weltmeisterschaften? Wenn ja, wärst du die erste Kandidatin für den Sieg.«

Claire und wir wollten da nicht widersprechen.

Während wir unsere Piadine inhalierten, stürzten meine Eltern nur hastig einen Espresso herunter, was mit dem eigentlichen Anlass für unseren Ausflug zu tun hatte.

Die beiden hatten von Tante Polly und Frank einen Kochkurs geschenkt bekommen, bei einer renommierten Sterneköchin, die scheinbar so exklusiv war, dass sie sich ihre Kunden aussuchen konnte. Angeblich hatte sie eine ellenlange Warteliste, aber Frank kannte sie von früher. Ihre Kurse fanden bei ihr zu

Hause in der eigenen Küche statt und dauerten einen halben Tag. Mum sprach seit Wochen von nichts anderem mehr.

»Bea von Bergen! Ich war einmal in dem Restaurant, das sie früher hatte – zwei Sterne! –, das ist Ewigkeiten her, aber ich schwöre dir, ich hab noch nie so gut gegessen, noch nie!«, hatte sie gebetsmühlenartig wiederholt.

Dad stand auf und brachte ihre leeren Tassen ins Café zurück. »Wir müssen los, für den Fall, dass wir nicht gleich einen Parkplatz bekommen«, sagte er.

Er legte den Arm um Mums Schulter. Seit die beiden vor ein paar Wochen wieder zusammengekommen waren, wusste ich nicht, wer glücklicher war: Mum, die praktisch nur noch strahlend durch die Gegend lief, oder Dad, der zurzeit sogar meine Großeltern ertrug. Und das trotz ihrer schlimmen Streitigkeiten in der Vergangenheit. (Und ihrer Begeisterung für deutsche Schlager in der Gegenwart.)

Das sei echte Liebe, meinte Tante Polly fast täglich.

Meine Eltern winkten in unsere Runde. »Viel Spaß euch! Und Vicky, nicht vergessen: Der Kurs findet in der Königinstraße 33 statt.« Mum gab mir einen Flyer. »Hier steht alles drauf. Falls was ist, Kenneth und ich lassen unsere Handys an.«

Ich verdrehte die Augen. »Mum! Wir kommen schon klar.«

»Ich mein ja nur.« Mum warf uns eine Kusshand zu, ehe sie wieder mit Dad in den VW-Bus stieg und die beiden davonfuhren.

Ich verstaute den Zettel in meiner Hosentasche, während meine Freunde anfingen, die Tagesgestaltung genauer zu diskutieren.

»Also, ich will hauptsächlich in die Sternstraße, da gibt's die meisten Boutiquen, die mich interessieren.« Claires Blick fiel auf Leonard, der ihr zuzwinkerte und seinen letzten Bissen hinunterschluckte. »Ach, das ist prima. Am besten komme ich dann dahin, in, sagen wir, zwei, nein, lieber drei Stunden. Ich gehe mit Konstantin und Nik erst in den Media-Store.«

Ich zog eine Augenbraue hoch. »Ihr geht sofort zum Media-Store? Ich dachte, wir könnten erst mein Handy reparieren lassen.« Das stand nämlich ganz oben auf *meiner* Prioritätenliste, und eigentlich hatte mein Freund versprochen mitzukommen.

Konstantin lehnte sich in seinem Stuhl zurück und wischte sich die Finger an einer Serviette ab. »Ja, schon, aber der Media-Store und das Sportgeschäft sind in der ganz anderen Richtung als der Handyladen. Ich dachte, das mit dem Handy können wir auch auf dem Rückweg erledigen?«

»Erst ganz zum Schluss? Und was mache ich bis dahin?« Ich hatte so lange durchgehalten ohne mein praktisch nagelneues Smartphone – das ich allerdings blöderweise vor ein paar Tagen auf der Veranda des *B&B* hatte fallen lassen, wo es wie ein Flummi die Stufen nach unten in den Garten gehüpft war, um danach seinen Geist aufzugeben. Ich konnte es kaum abwarten, wieder online und erreichbar zu sein, gerade bei so einem Stadtausflug wie heute. Mein Dad hatte das Gerät von dem Anbieter bekommen, der auch seine Kanzlei mit den Firmenhandys versorgte, zu einem offenbar super Preis. Und zu dem ich jetzt allerdings auch hinmusste, um mein Gerät dort im Rahmen des Servicevertrags reparieren zu lassen.

»Ich dachte, du wolltest nach einem neuen Badeanzug

schauen. Das würde doch passen«, fuhr Konstantin fort und sah mich abwartend an.

»Hm.« Unschlüssig schaute ich zu Pauline. »Und wo fährst du jetzt hin?«

Ein schuldbewusster Ausdruck huschte über ihr Gesicht. »Ich wollte direkt zur Unibuchhandlung und da ein bisschen herumstöbern. Und, na ja, vielleicht auch mal in den ein oder anderen Hörsaal reinschauen. Nur so – mich einfach umsehen.«

Ich seufzte, nickte aber. Ich wusste, dass das für Pauline die perfekte Tagesplanung war. Alles, was sie interessierte, war die Uni. Und so lieb ich sie hatte – ich hatte leider keine Ambitionen, sie zu begleiten. Sie würde stundenlang in wissenschaftlichen Büchern blättern und hinterher noch eine Tasse Tee in einem Studentencafé trinken. Und dabei wieder in besagten Büchern blättern, die sie haufenweise gekauft haben würde.

Also blieb nur die Frage: alleine zum Handyladen oder mit den Jungs erst zum Media-Store und zum Sportgeschäft? Mit Claire shoppen zu gehen, war keine Option – dazu brauchte man Nerven wie Drahtseile, mindestens, und die hatte ich nicht, egal, wie gerne ich sie mittlerweile mochte. Noch nicht mal Leonard traute sich das zu.

Auf dem Weg zur U-Bahn schlossen wir einen Kompromiss. Ich würde erst mal mit Konstantin und den Jungs mitgehen, allerdings nur, wenn sie vorher für mich nachsahen, wie lange der Handyladen offen hatte und wir rechtzeitig dorthin aufbrachen.

»Versprochen«, sagte Konstantin und küsste mich auf die Wange, bevor wir uns zu den anderen gesellten, die schon am

Fahrkartenautomaten angekommen waren und ihre Tickets zogen. Blöderweise konnten wir eine Gruppenkarte vergessen, schließlich mussten wir ja alle in unterschiedliche Richtungen.

Was ich insgeheim verfluchte. Ich war zwar selbst schon ab und zu in der Stadt gewesen und dabei jedes Mal mit öffentlichen Verkehrsmitteln gefahren, aber ich hatte es lieber Mum überlassen, sich um die Fahrkarten zu kümmern. Es erhöhte leider meinen persönlichen Landeifaktor um tausend, aber ich konnte es nicht ändern: Solche Automaten und ich würden niemals Freunde werden – besonders in Kombination mit dem Tarifdschungel des öffentlichen Nahverkehrs. Meist stand ich davor und kapierte gar nichts.

Aber zu meiner Überraschung schien es diesmal ganz leicht zu sein, als ich Pauline über die Schulter schaute. Das Menü auf dem Touchscreen des Automaten zeigte erstaunlich genau und übersichtlich an, was sie drücken musste.

Tageskarten Zone 1

Schüler-Tageskarte Zone 1, gültig heute

Bezahlen

Das würde ich ganz prima schaffen.

Nach Pauline kauften die anderen der Reihe nach ihre Tickets. Ich stellte mich hinter Konstantin als Letzte an.

Als der gerade fertig war und sein Geld wieder einsteckte, waren die anderen schon ein Stück Richtung Bahnsteig vorausgegangen.

»Du brauchst nicht auf mich zu warten, ich bin in einer Minute bei euch!«, bot ich lässig an. Ha! Von wegen Landeifaktor. Ganz die hippe Großstädterin.

»Okay, bis gleich!« Konstantin drückte kurz meine Hand, ehe er sich umdrehte und zur Rolltreppe ging.

Ich lächelte ihm kurz versonnen nach – solche Augenblicke gab es immer noch. Selbst nach gut drei Monaten, in denen wir jetzt zusammen waren, konnte ich es manchmal nicht fassen, dass ich mich in diesen Jungen verliebt hatte. Oder vielmehr: er sich in mich. Ich versuchte allerdings, nur zu schmachten, wenn man mich nicht unbedingt dabei beobachtete.

Ich wandte mich wieder dem Automaten zu.

Und dann …

… passierte genau das, was mir grundsätzlich immer in solchen Situationen passierte: Das Ding funktionierte plötzlich nicht mehr. Ich hätte es eigentlich wissen müssen. Nachdem meine fünf Freunde ohne Probleme und ruckzuck ihre Fahrkarten gekauft hatten, gab das Gerät ausgerechnet bei mir den Geist auf. Nur eine Minute stand ich davor, und – *BUMM!* – der Touchscreen reagierte nicht mehr. Egal, wie leicht (oder wie fest) ich auf ihm herumdrückte. Blöderweise hatte ich mich kurz vorher vertippt und statt der *Schüler-Tageskarte* eine *Schüler-Jahreskarte* ausgewählt. Was den minimalen Preisunterschied von 496 Euro ausmachte. Nur leider kam ich aus dem Menü nicht mehr heraus, der eingebaute (und offenbar sehr geschäftstüchtige) Computer bot mir hartnäckig die Jahreskarte an – oder gar nichts.

»Jetzt komm schon«, murmelte ich, denn die anderen waren schon mit der Rolltreppe entschwebt, die nach unten aufs Gleis führte. Klar, ich hatte ihnen ja auch gerade noch gesagt, sie sollten schon vorgehen.

Schön blöd.

Ich hämmerte mit der flachen Hand auf den Bildschirm, und endlich tat sich etwas – er verfärbte sich leuchtend blau.

»O nein!« Panisch blickte ich mich nach einem zweiten Automaten um. Es gab einen, keine zehn Meter weiter – und davor stand eine Gruppe Anzug tragender Japaner an, mindestens sechs Stück, und die Typen sahen nicht so aus, als ob das bei ihnen schnell gehen würde. Dafür wurde bei denen viel zu viel diskutiert.

Verflixt nochmal. Schwarzfahren schied auf jeden Fall aus, mit meinem Hang zur Ehrlichkeit konnte ich das nicht mit meinem Gewissen vereinbaren. Außerdem würde wahrscheinlich bei meinem Glück der Kontrolleur genau neben mir in die Bahn steigen und mich vor versammelter Mannschaft bloßstellen. Darauf wollte ich es ganz sicher nicht ankommen lassen.

Es musste eine Fahrkarte her, jetzt sofort. Die Japaner drückten sich munter durch das Menü (ich hatte mich an sie herangepirscht und konnte ihnen von hinten über die Schulter gucken – endlich mal ein Volk, das so klein war wie ich), waren dabei aber alles andere als flott. Das würde noch ewig dauern.

Resigniert versuchte es noch mal bei *meinem* Automaten. Der blaue Bildschirm war verschwunden. Da … der Computer startete offenbar gerade neu. Erleichterung machte sich in mir breit.

»Schneller, komm schon. Du schaffst das!«, sagte ich und tätschelte ihm aufmunternd den Münzschlitz.

»Dit is'ne Maschine, da hilft jut zureden jarnüscht«, sagte da jemand hinter mir, und ich zuckte zusammen. Einer der

Japaner (die hatten auf einmal alle ihre Karten und gingen zur Treppe) hatte sich zu mir umgedreht. Und war plötzlich viel weniger japanisch, als er aussah. *Pfff.*

»Aber schaden kann es auch nicht!«, antwortete ich, und er schüttelte nur den Kopf und eilte hinter seinen Kumpels die Stufen hinunter.

Endlich zeigte mir der Bildschirm die Startseite, und ich achtete diesmal darauf, nicht zu schnell zu tippen und auch wirklich nur die Tageskarte auszuwählen.

Da, endlich! Kaum war mein Ticket gedruckt und in den Ausgabeschlitz gefallen, grapschte ich danach und rannte los, meinen Freunden und den unjapanischen Japanern hinterher.

Als ich an die Rolltreppe kam, setzte sie sich sofort in Bewegung – allerdings in die falsche Richtung. Verdammt! Ein kicherndes Paar Mädchen fuhr nach oben. Hätten die nicht die normale Treppe nehmen können? Sie waren doch jung und gesund. Egal. Dann musste ich das jetzt halt tun.

Ich war schon die halbe Treppe runter, als die U-Bahn einfuhr.

»Schnell, Vicky, das ist unsere!«, rief da Konstantin, der mir von der Mitte des Bahnsteigs aus wild zuwinkte. Ich winkte zurück – erleichtert, dass ich ihn gleich entdeckt hatte. Wenigstens etwas.

Sofort fing ich an zu rennen. Wie lange hielt so eine Bahn an der Haltestelle? Eine Minute? Zwei? Und ich musste noch ein gutes Stück den Bahnsteig runter.

Egal, ich würde das schaffen.

Blöderweise hatte ich nicht gedacht, dass *so* viele Leute aussteigen würden. Klar, es war Samstagmittag, doch plötzlich waren dermaßen viele Menschen vor mir, dass ich mein Tempo rigoros drosseln musste, um niemanden zu schubsen.

Nur noch ein Stück, ein kleines Stück, da vorne war schon Konstantins Haarschopf.

Eine knarrende Stimme tönte über die Lautsprecher am Bahnsteig: »Bitte zusteigen!«

Noch nicht, herrje. Ich musste noch zwei Wagen weiter, ich hatte doch sonst keine Ahnung, wo ich hinmusste ...

Und ausgerechnet da versammelte sich auch noch direkt vor mir eine Gruppe mit kleinen Kindern, alle mit roten Baseballkappen auf dem Kopf.

Und was konnten kleine Kinder ganz prima?

Im. Weg. Stehen.

O Mann, ich musste mir einen derben Fluch verkneifen und einen großen Schlenker laufen, um nicht versehentlich jemanden anzurempeln.

Da vorne war Konstantin. Er stand nicht mehr auf dem Bahnsteig, sondern in der Waggontür, mit einem Bein bereits in der Bahn. Er winkte hektisch.

»Vicky, schnell, die anderen sind schon drin!«

»Wartet auf mich!«

Wenn ich wenigstens in den angrenzenden Wagen kam, damit ich meine Freunde durchs Fenster sehen konnte. Vor allem, damit ich wusste, wo sie ausstiegen ... aber es war noch ein Stück, und ich steckte plötzlich mitten in dieser Kindergruppe. Die kleinen Bestien hatten mich umzingelt wie ein Rudel Wölfe ein armes kleines Häschen.

»Zurückbleiben, bitte!«

»Nein!!!«, rief ich, aber es war zu spät. Ich konnte noch sehen, dass eine Hand (ich glaube, es war die von Leonard) Konstantin am Shirt packte und in den Wagen zog.

Dann gingen die Türen endgültig zu, und die U-Bahn fuhr los.

Mit meinen Freunden – und ohne mich.

»Hey, die Alte schubst!«, sagte da ein Kleiner und zeigte mit seinem spitzen Zeigefinger auf mich. Und ich war plötzlich versucht, ihm mal zu zeigen, was *richtig* schubsen war.

Aber jetzt war es zu spät.

Ich stand ohne meine Freunde am Bahnsteig und konnte nur hoffen, dass Konstantin sich daran erinnerte, was wir ausgemacht hatten, als wir letztes Mal gemeinsam in der Stadt waren: Für den Fall, dass wir uns verlieren – vor allem in der Bahn –, würden wir uns direkt an der nächsten Station nach unserer Abfahrt treffen.

Konstantin würde also an der nächsten Station aussteigen, und wenn ich wiederum den nächsten Zug nahm, der laut Anzeige in drei Minuten kommen sollte, würde alles gut.

Ich fühlte mich gleich ein bisschen besser. Den kleinen Schwätzer funkelte ich noch einmal böse an (er traute sich jetzt auch nichts mehr zu sagen, ha!), ehe ich weiterging, ungefähr zu der Stelle, an der Konstantin eingestiegen war.

Dann nahm ich die nächste Bahn. Dass ich kein Handy hatte, machte mich echt wahnsinnig – gerade in solchen Situationen. Wie haben das die Menschen früher gemacht? Ich kann mir überhaupt nicht vorstellen, dass man überhaupt jemanden getroffen hat, wo doch heute die meisten Nachrichten, die man verschickt, sind:

Wo bist du?

Oder:

Ich bin da, aber ich sehe dich nicht.

Oder:

Ich komme zehn Minuten später.

Oder:

Könnten wir uns nicht doch woanders treffen?

Oder:

Ich komme gar nicht.

Zum Glück würde mein smartphoneloses Dasein spätestens heute Abend ein Ende haben.

Ich ließ mich auf einen freien Sitz fallen, auch wenn ich nur eine Station fuhr, und versuchte, mich zu entspannen.

Ich atmete einmal tief durch. Und noch mal.

Und dann – wurde mir schlagartig mulmig.

O nein!

Da war der Zimtschneckengeruch!!!

2.

Es war passiert, schon wieder. Ich war aus meinem Körper verschwunden und in dem einer zweiten Version meiner selbst wieder aufgetaucht. Und zwar ganz woanders – in einer Parallelwelt. In der eigentlich eine andere Vicky lebte, mit der ich gerade den Platz getauscht hatte.

Ausgerechnet jetzt!

Das war schon öfter geschehen, aber weil der Moment dieses Mal so unpassend war wie selten zuvor, wäre ich am liebsten in Tränen ausgebrochen – was allerdings nicht ging. Dazu steckte ich plötzlich in viel zu großen Schwierigkeiten.

Wie immer nach der Ankunft in einer anderen Welt wollte ich erst mal so schnell wie möglich die Lage checken – einmal tief Luft holen und mich dann dem Leben meines Parallel-Ichs hingeben. Und dabei versuchen, während unseres Körpertauschs unauffällig zu bleiben, bis ich wieder zurücksprang.

Doch als ich nun versuchte durchzuatmen, füllten sich meine Lungen mit Wasser.

Eine Welle von Panik ergriff mich, ich kniff reflexartig die Augen zu und ruderte wie verrückt mit den Armen. Nach zwei, drei Sekunden war mir zwar bewusst, dass mein Parallel-Ich wohl gerade schwamm oder tauchte, aber leider war das einen Hauch zu spät. Ich sank im Wasser nach unten wie ein alter, durchlöcherter Kahn.

Ich musste mich zusammenreißen, um nicht völlig auszuflippen. Ich brauchte Luft, herrje! Stattdessen musste ich den quälenden Hustenreiz unterdrücken, bis ich wieder an der Oberfläche war, sonst würde ich ertrinken. Aber wo *war* die verdammte Oberfläche? Momentan war ich völlig orientierungslos. Zum ersten Mal in meiner Parallelsprungkarriere wurde mir bewusst, dass so ein Sprung auch mal schlimm ausgehen konnte.

Dass *das* hier schlimm ausgehen konnte.

Erst nach ein paar Augenblicken des lähmenden Schocks setzte mein Verstand wieder ein. Ich hielt kurz inne, öffnete dann unter Wasser die Augen, orientierte mich und schwamm schließlich mit zittrigen Gliedern nach oben, zum Licht.

Ein unglaublicher Hustenanfall schüttelte mich, als ich endlich an der frischen Luft war, und ich keuchte und stöhnte und rieb mir die Augen. Ich war in einem Schwimmbad gelandet – den unverwechselbaren Geruch nach Chlor würde ich immer erkennen, sogar ohne etwas zu sehen. Dazu kam, dass es genauso laut war wie in unserem Hallenbad an einem verregneten Ferientag.

Aber Schwimmbad, okay. Dann war dieser Sprung trotz seines unangenehmen Anfangs vielleicht doch nicht ganz so schlimm.

»Vicky!!! Sieh zu, dass du deinen Hintern aus dem Wasser bringst, du bist gleich dran! Was machst du denn so lange?«

Das war eine männliche Stimme, die sich leider ganz prächtig von den Hintergrundgeräuschen abhob, und sie kam von rechts. Sie gehörte einem Typen in Jogginghose, türkisfarbenem

T-Shirt und mit einem Klemmbrett in der Hand, der mich aus braunen Knopfaugen anfunkelte. Er sah aus wie Dieter Bohlen mit einem riesigen Schnauzbart, was für sich allein schon erschreckend genug gewesen wäre. Aber die bösen Blicke, die er mir zuwarf, toppten das sogar noch.

Wo hatte ich denn den schon mal gesehen?

Ich zermarterte mir das Hirn, als mein Körper vor meinem Kopf die Situation begriff und sich in Bewegung setzte, in Richtung Beckenrand.

Langsam nahm ich auch den Rest meiner Umgebung wahr. Ich war in einem fremden Schwimmbad, im großen Becken. Und ich war dort ganz allein. Allerdings standen am Rand jede Menge Leute in Sport- oder Badesachen herum, redeten oder machten Übungen.

Und plötzlich schwante mir Böses.

»Du schwimmst gleich im ersten Wettkampf, hast du das vergessen? In einer Viertelstunde geht es los, sieh zu, dass du dich umziehst und noch was trinkst. So ein Getrödel will ich nicht noch mal erleben, verstanden?«

Er zeigte mit einem knubbeligen Zeigefinger auf die große Uhr an der Wand hinter ihm. Diese Geste, in Verbindung mit dem Wort *Wettkampf*, hatten mich von der einen auf die andere Sekunde zu einem bibbernden Häufchen Elend gemacht.

Ich hatte mich geirrt.

Dieser Sprung hierher war viel, viel schlimmer, als ich gedacht hatte.

Das mit den Parallelweltsprüngen ist ja nicht neu für mich – obwohl ich trotzdem nie wirklich vorbereitet bin und jedes einzelne Mal tierisch aufgeregt.

Das erste Mal passierte es mir, als ich zwölf war – ohne Vorwarnung war ich damals von jetzt auf gleich aus meinem Körper verschwunden und in einem anderen wieder aufgetaucht. Bis ich herausfand, was da genau passierte, sollten allerdings noch drei Jahre vergehen. Erst diesen Sommer habe ich – dank Paulines Hilfe – erfahren, dass ich tatsächlich zwischen unzähligen Versionen meiner selbst herumspringe.

Jedes Mal wird so ein Sprung von einem mehr oder weniger starken Zimtschneckengeruch eingeläutet. Dann verschwinde ich aus meinem Körper und tauche in einem anderen wieder auf, in dem eines anderen Ichs.

Wenn du dich jetzt fragst: Was sind denn überhaupt Parallelwelten? Dann stell dir das so vor: Jede Entscheidung, die du oder andere treffen, hat bestimmte Lebensumstände zur Folge. Neben wem hast du in der Grundschule gesessen, neben wem in der höheren Schule? Wer sind deine Freunde? Bist du im Sportverein oder in einer Musikgruppe? Was machst du in deiner Freizeit? Wäre ich zum Beispiel in der ersten Klasse nicht zufällig neben Pauline gelandet, könnte ich zum Beispiel nicht sicher sagen, ob wir heute auch beste Freundinnen wären. Vielleicht wäre das dann jemand anderes. Oder wenn Mum sich dazu entschlossen hätte, unser *B&B* im Nachbarort zu eröffnen … Oder, oder, oder … Die Möglichkeiten, dass mein Leben auch nur ein bisschen anders verlaufen wäre, sind riesig. Und so viele Möglichkeiten es für mein Leben gibt, so viele

Parallelwelten gibt es – so denke ich es mir jedenfalls. Denn diese Welten, in die ich springe, unterscheiden sich immer von meiner eigenen. Mal mehr, mal weniger.

Normalerweise springe ich – wenn es denn losgeht – innerhalb von kurzer Zeit ein paarmal hintereinander in dieselbe andere Welt, ehe die Sprünge von selbst wieder aufhören. Diese Pause kann dabei einen Tag lang sein oder eine Woche oder einen Monat. Die Sprungfrequenz, also die Häufigkeit, ist leider etwas, das sogar Pauline mit ihrem naturwissenschaftlichen Superhirn noch nicht entschlüsseln konnte. Wir wissen lediglich, dass meine Fähigkeit, zwischen den Welten zu wechseln, durch einen Vorfall in meiner Kindheit ausgelöst wurde. Die Sprünge selbst haben aber erst eingesetzt, als ich ungefähr zwölf war.

Nachdem Pauline und ich in diesem Sommer herausgefunden haben, dass ich in Parallelwelten springe, passierte auch noch etwas anderes: Ich bin mit meinem Freund Konstantin zusammengekommen. (Was für sich gesehen schon ein kleines Wunder ist, schließlich ist er der tollste Junge der ganzen Welt.) Konstantin ist, kurz nachdem wir uns verliebt haben, durch einen Vorfall ähnlich dem in meiner Kindheit ebenfalls zur Springerei gekommen, und jedes Mal, wenn *ich* verschwinde, geschieht *ihm* genau dasselbe. Und er landet tatsächlich immer in derselben Welt wie ich!

Tja, klingt unglaublich. Ist aber so. Nachdem Pauline noch immer verbissen den Ursachen des Ganzen auf die Spur kommen will, haben Konstantin und ich, so gut es geht, akzeptiert, was da mit uns passiert. Oder zumindest haben wir aufgehört, uns darüber zu wundern. Mit Konstantin an meiner Seite sind die allermeisten Sprünge wenigstens halb so schlimm, manchmal ist es sogar richtig lustig und spannend. (Von seiner Freude daran mal ganz abgesehen. Manchmal habe ich das Gefühl, dass er gar nicht genug bekommen kann vom Springen, so aufregend findet er es.)

Doch an diesem Tag, in dieser Welt – in *diesem* Schwimmbad – sah es gerade alles andere als rosig aus. Und genau wie zu Hause hatte ich an diesem Ort keine Chance, meinen Freund anzurufen und ihn zu treffen. Vorausgesetzt, er war überhaupt hier irgendwo in der Schwimmhalle. Aber ich kam überhaupt nicht dazu, mich umzusehen, denn ich wurde sofort vom stänkernden Schnauzbart in Richtung Umkleiden getrieben.

»Warum konzentrierst du dich nicht besser? Du bist so weit oben, Vicky, so weit oben.« Mit der flachen Hand zeigte er irgendwo zwischen Haaransatz und Augenbrauen, die wie zwei dicke Pfeifenputzer aussahen und wie verrückt wackelten. »Aber mit deinem laxen Verhalten denke ich in letzter Zeit, dass du in der Leistungsgruppe eins nichts verloren hast.«

Während ich tropfnass über den rutschigen Fliesenboden hinter ihm her watschelte und dabei versuchte, niemanden anzurempeln, fiel mir plötzlich ein, woher ich den Mann kannte.

Und warum ich nun *noch* unglücklicher war, ihn zu sehen.

Er ist der Cheftrainer des Schwimmvereins der nächstgrößeren Stadt bei uns. Ich hatte mit ihm in meiner Welt schon mal gesprochen, er hatte mich für seinen Verein gewinnen wollen, aber ich hatte abgelehnt. Ich mag keine Wettkämpfe, und Profischwimmerin will ich schon gar nicht werden. Ich bin ganz zufrieden in der Schulschwimmmannschaft, da gibt es zwar auch hin und wieder einen Wettbewerb, aber der Trainingsaufwand dafür hält sich in Grenzen. Der Verein in der Nachbarstadt allerdings hat echte sportliche Ambitionen, nimmt an vielen Wettkämpfen teil, die meisten auf Landes- oder Bundesebene. Bei ihnen stehen sogar die deutschen Meisterschaften auf dem Programm, und der Trainer, der mir endlich den Rücken zukehrte, hat einen üblen Ruf als Sklaventreiber.

Ehe ich wieder sein Opfer wurde, schlüpfte ich durch die Tür, auf der *Damenduschen* stand. In diesem Schwimmbad war ich noch nie gewesen, überhaupt hatte ich keine Ahnung, in welchem Ort oder in welcher Stadt ich war.

Und ich hatte nicht den blassesten Schimmer, wie ich diesen Nachmittag hier überstehen sollte.

In den Duschen stand ich kurz unschlüssig herum. Eigentlich musste ich mich umziehen, doch ich hatte kopflos den ersten Fluchtweg gewählt, der sich mir bot.

»Vicky, was machst du denn da?«, fragte plötzlich jemand hinter mir, und ich drehte mich um.

Ein Mädchen mit einem langen haselnussbraunen Zopf über der Schulter war hinter mir hergekommen und verschränkte nun die Arme vor der Brust. Sie trug Badeschlappen, schwarze Shorts und ein türkisfarbenes Vereins-T-Shirt wie der Trainer eben. An ihrem Halsausschnitt lugte ein Stück Badeanzug hervor.

Offenbar war es ein Mädchen aus meiner Mannschaft. Vielleicht sogar meine – Parallel-Vickys – Freundin, wenn sie auf mich gewartet hatte. Aber ihr Gesichtsausdruck passte nicht so ganz dazu. Der war nämlich so herzlich wie der des Männchens auf dem Fußpilz-Präventions-Plakat, das hinter ihr an der Wand hing.

»Ich dusche mich schnell ab vor dem Umziehen«, antwortete ich und stellte mich unter eine Brause. Weil ich Zeit schinden musste, und weil ich ohne zu überlegen hier reingekommen war. Ohne die geringste Ahnung zu haben, wo meine Tasche mit meinen Sachen sein könnte. Geschweige denn, mein Handtuch.

»Ohne Handtuch?«, fragte sie auch prompt und legte skeptisch den Kopf schief.

Ja doch.

Obwohl es mir superschwer fiel, drehte ich das Wasser noch mal für ein paar Sekunden auf eiskalt – damit ich nicht ganz so sehr fror, wenn ich mich nun auf den Weg machte, um meine Sachen zu suchen. Sogar den Kopf steckte ich kurz unter den Wasserstrahl. Aber als ich mit den Händen durch meine Haare fuhr, musste ich einen Schrei unterdrücken. Denn die waren ganz, ganz kurz. Sie reichten noch nicht mal bis zum Kinn, gerade bis zu den Ohren – das war mehr Bubikopf als Pagenschnitt.

O Gott, das konnte nicht sein. Warum machte sie so etwas? War das freiwillig? Doch hoffentlich nicht wegen des Schwimmens? Ich hatte mal als kleines Kind so eine Frisur, und da sah ich genauso aus wie Dad mit fünf. Selbst seine Mutter hatte mich daher ab und zu *Kenneth* genannt, das war ganz schön peinlich.

Das Mädchen hatte die Duschen kommentarlos wieder verlassen. Und zum ersten Mal in meiner Parallelweltsprungkarriere wollte ich auf all meine Prinzipien pfeifen und mich einfach nur verstecken. Weglaufen. Nicht versuchen, mich irgendwie einzugliedern, unauffällig zu bleiben und möglichst genau das zu tun, was die andere Vicky auch tun würde – sondern schnellstmöglich abhauen. Jetzt sofort.

Aber natürlich tat ich das nicht, obwohl ich mich in Gedanken verfluchte. Nachdem ich mit Konstantin, Pauline und Nikolas Stunden über Stunden darüber diskutiert hatte, warum es so wichtig war, sich so gut wie es eben ging in das Leben des jeweiligen Parallel-Ichs einzufügen, brachte ich das einfach nicht fertig. Deswegen folgte ich dem Mädchen niedergeschlagen in die große Schwimmhalle.

Irgendwo hier musste es eine Ecke geben, in der unser Verein seine Sachen lagerte. Normalerweise gab es bei solchen Veranstaltungen immer viel zu wenige Schließfächer, so dass sich jede teilnehmende Gruppe einen Platz suchte und jemanden dazu verdonnerte, der auf die Taschen der Wettkampfteilnehmer aufpasste, wenn die gerade im Wasser waren.

Nur leider war diese Halle verflixt groß, sehr viel größer als unser Schwimmbad zu Hause. Es gab sogar eine Tribüne, die –

Als mein Blick nach oben wanderte, sah ich, dass dort Hunderte Kinder und Jugendliche saßen. Fast alle von ihnen hatten bunte T-Shirts an, und sie saßen farblich sortiert wie Bonbons in einem Süßigkeitengeschäft zusammen.

Erleichterung durchströmte mich. Mit ziemlicher Sicherheit war auch unser Taschenlager irgendwo da oben.

Ich hatte das bezopfte Mädchen aus den Duschen zwar aus den Augen verloren, aber *unsere* Vereinsshirts leuchteten zum

Glück schon aus der Ferne. Ich stieg, mittlerweile vor Kälte bibbernd, die Treppe hinauf und ging an diversen Lagern vorbei, die die Teilnehmer des Wettkampfes sich eingerichtet hatten. Hier wurde rumgesessen und gewartet, Musik gehört, gegessen und gelesen. Im Gegensatz zu unseren Schulwettkämpfen wirkten die Jugendlichen hier sehr viel ernster und konzentrierter – aber es ging schließlich auch um etwas. Das waren Profis, selbst wenn sie erst zwölf oder vierzehn oder sechzehn waren.

Endlich fand ich den richtigen Platz. Auf der linken Seite der Tribüne, im unteren Bereich, lagen verteilt auf drei breiten Sitzstufen schätzungsweise vierzig Sporttaschen. *Alle* in Türkis-Dunkelblau mit dem aufgedruckten Vereinslogo. Sonst nichts.

Ich schluckte. Außer kleinen Plüschtierchen an den Reißverschlüssen oder farbigen Schleifchen gab es keine Personalisierung, kein Hinweis, wem die Taschen gehörten. Niemand hatte seinen Namen groß draufgeschrieben. Die Tasche von Parallel-Vicky konnte wirklich *jede* sein.

Offenbar waren drei Jungs abgestellt, um auf das Zeug aufzupassen, sie saßen in der Mitte der Taschensammlung und spielten Karten.

Mittlerweile war mir richtig kalt, und meine Muskeln fingen an, steif zu werden. Gar nicht gut. Ich fing an, ein bisschen nach oben und unten zu hopsen und auf der Stelle zu joggen, um beweglich zu bleiben. Obwohl der Wettbewerb schon in zehn Minuten begann, musste ich mich dringend trocken anziehen.

Und um an meine Sachen zu kommen, musste ich es auf die ganz plumpe Art versuchen.

»Wo … ist … meine … Tasche?«, fragte ich schnaufend in die Runde, und die drei Halbstarken schauten von ihrem Kartenspiel auf.

»Keine Ahnung. Vermutlich da, wo du sie vorhin hingetan hast«, sagte der eine und drehte sich wieder zu seinen Kumpels um. »Phelps: dreiundzwanzigmal Gold bei Olympia, ha!« Die anderen murmelten irgendwas und gaben ihm dann ihre Karten. Wie gerne würde ich jetzt auch Quartett spielen und nicht gleich im Wettkampf antreten!

Ich weiß auch nicht, warum ich plötzlich so pampig wurde. Das passiert mir echt selten, nur, wenn ich total gestresst bin, aber offenbar war nach meinem Ertrinken und dem Zusammenstoß mit Miss Unfreundlichkeit der Pegel erreicht, denn ich sagte: »Hey, Jonas-Brothers, meine Tasche lag genau hier vorne, als ich vorhin gegangen bin, und jetzt ist sie nicht mehr da. Ich dachte, ihr seid zum Aufpassen hier!«

Ich hätte mich ohrfeigen können für so einen dämlichen Spruch und wollte sofort eine Entschuldigung hinterherschicken, als der ganz rechte Junge aufsprang, eine Tasche aus der Mitte heraussuchte und sie mir brachte.

»Hier ist sie. Sorry«, sagte er und verkrümelte sich wieder auf seinen Platz. Dabei warf er mir über die Schulter einen Blick zu, als ob er Angst vor mir hätte.

Vor mir? Vor – Vicky???

Egal, die Uhr tickte, unten sah ich schon die ersten Schwimmerinnen um die Startblöcke herumschleichen.

Hektisch riss ich den Reißverschluss auf und begann, in Parallel-Vickys Sachen herumzuwühlen. Im Gegensatz zu meiner Tasche zu Hause herrschte in dieser picobello Ordnung, obwohl mein anderes Ich viel dabeihatte: jede Menge Essen, Handtücher, Ersatzschwimmbrillen, und – Badeanzüge.

Sieben Stück.

»Warum habe ich sieben Badeanzüge dabei?«, fragte ich düster, während ich mir einen davon aussuchte und ein Handtuch dazu.

Die Antwort kam von Zopfmädchen. Sie hatte sich zusammen mit einem zweiten zu mir gesellt, ebenfalls in Vereinskleidung und auch in meinem Alter.

»Weil du Streberin heute fünf Wettkämpfe schwimmst«, sagte sie. Und schon wieder konnte ich nicht genau sagen, ob sie es lustig-ironisch meinte oder – nicht.

»Das nächste Mal mache ich nicht so viele«, antwortete ich und schnappte mir noch eine Badekappe und die Schwimmbrille. Und die Wasserflasche.

»Ja, wer's glaubt«, murmelte die andere, und mir dämmerte, dass Parallel-Vicky nicht viele Fans hatte. Zu Hause kam ich eigentlich mit jedem klar, aber hier waren alle so ... unfreundlich. Feindlich.

»Was denn, du nimmst gar nicht deinen Schmetterlinganzug? Ich dachte, der bringt dir immer so viel Glück?« Ein drittes Mädchen war hinter mir aufgetaucht, aber ich beschloss, mich nicht irritieren zu lassen. Denn sicher hatte Parallel-Vicky vermutlich tausend Rituale vor so einem Rennen, und bestimmt hatte sie für jede Art von Rennen einen bestimmten Anzug, der Glück brachte, aber hey – jetzt war *ich* hier, was sollte ich denn machen?

Konnte ich so natürlich nicht sagen. Deswegen nahm ich meine Sachen und stapfte an den anderen vorbei, weiter die Treppe nach oben. Wenigstens wusste ich nun, dass ich gleich Schmetterling schwimmen musste, und ich war heilfroh, dass ich zu Hause auch in der Schulmannschaft schwamm und diese Schwimmart beherrschte. So einigermaßen.

»Hey, wo willst du hin? Die Umkleiden sind unten!«

»Aber die Toiletten sind da oben, und wenn ich mich dort umziehe, geht es schneller.«

Darauf sagte niemand mehr etwas, und ich wollte auch überhaupt nichts mehr hören. Ich hatte einen dicken Kloß im Hals, die ganze Situation hier war einfach nur schrecklich. Dieser Schwimmverein mit dem unmöglichen Trainer, die garstigen Mitschwimmer, der Wettbewerb gleich …

In Windeseile zog ich mich in einer der Kabinen um und versuchte, an nichts zu denken. Beim Händewaschen vermied ich einen Blick in den Spiegel, obwohl ich aus den Augenwinkeln bemerkte, dass ich dank der dämlichen Frisur genau so aussah, wie ich es mir vorstellte. Wie mein Dad mit zwölf.

Im trockenen Anzug ging es mir ein wenig besser, und ich hielt mich bei den anderen nicht mehr auf, als ich auf dem Weg nach unten zu den Startblöcken meinen nassen Badeanzug in das Extrafach in meine Tasche pfefferte.

Allerdings spürte ich, dass mir erneut jemand folgte.

Es war schon wieder das Mädchen mit dem Zopf, und im Gegensatz zu den anderen schaute sie nun doch ein wenig freundlicher. Ich hätte gern ihren Namen gewusst.

»Lass dich nicht ärgern, die sind alle nur nervös. Außerdem –

Neid ist die ehrlichste Art der Anerkennung«, sagte sie leise, als wir die letzten Stufen nach unten gingen, und ich seufzte.

Vielleicht ist das ja tatsächlich so.

Aber wenn es bei einem so ein komisches Gefühl hinterlässt und man dadurch so allein ist, wollte ich überhaupt keine Anerkennung. Und Neider schon gleich gar nicht.

Ich wollte eigentlich nur eins: zurück in meine Welt springen.

Ich atmete tief durch. »Ja, das kann schon sein«, antwortete ich schließlich. »Schade ist nur, dass mich niemand verteidigt.«

Ich schaute ihr in die Augen, ehe ich sie stehen ließ und zum letzten freien Startblock ging. Sollte sie selbst entscheiden, ob sie deswegen Schuldgefühle bekam oder nicht. Ich war mir nämlich wirklich nicht sicher, ob sie überhaupt meine – *Parallel-Vickys* – Freundin war. Aber vielleicht wusste sie das ja selbst nicht so genau.

Ich legte mein Handtuch und meine Trinkflasche in das dafür vorgesehene Körbchen neben dem Block und meldete mich bei der Zeitnehmerin.

»Victoria King«, sagte ich, und sie grunzte zustimmend, ehe sie einen Haken auf ihrem Klemmbrett machte. Uff, zum Glück war ich hier richtig. Aber das Schlimmste kam ja erst noch.

»Du bist spät dran, gleich geht es los«, sagte die Dame mit der Stoppuhr und kritzelte weiter irgendwas auf ihren Zettel.

»Ja, ich weiß, Entschuldigung. Aber, äh … darf ich Sie noch was fragen?«

O Gott, hoffentlich hält sie mich jetzt nicht für komplett verrückt.

Sie sah mich über den Rand ihrer Lesebrille an. »Was denn?«

»Schwimmen wir jetzt hundert Meter Schmetterling oder zweihundert Meter?«

Sie kniff die Augen zusammen und musterte mich. In diesem Moment erinnerte sie mich plötzlich an Pauline – obwohl sie mindestens doppelt so alt war und dunkle Haare hatte. Aber durch die exakt gleiche Art, mich anzusehen, vermisste ich auf einmal meine beste Freundin und meine eigene Welt so schrecklich, dass ich eine Träne wegblinzeln musste.

So schlimm war es tatsächlich noch nie bei einem Parallelweltsprung gewesen.

Meine Verzweiflung musste mir ins Gesicht geschrieben sein, denn sie sagte nur: »Hundert Meter. In drei Minuten geht es los.«

Ich nickte dankend. »Okay.«

Gleich würde also mein Wettbewerb beginnen. So gut es ging, schob ich meine Angst beiseite und beschloss, meinem Schicksal so tapfer wie möglich entgegenzusehen.

Ich trank noch ein paar Schlucke Wasser, lockerte meine Muskeln. Parallel-Vickys Körper war muskulöser als mein eigener, auch wenn ich selbst nicht schlecht in Form war. Doch dieser hier wurde offenbar jeden Tag trainiert. Wahrscheinlich sogar zweimal am Tag. (Das war auch ein Grund, warum ich nie in den Schwimmverein wollte. Mir reichten zwei-, dreimal die Woche.)

Aber ich würde das hier irgendwie schaffen. Ich *musste*! Kneifen war keine Option.

Ich *konnte* ja schnell schwimmen.

Heute musste es eben nur ein bisschen schneller sein als sonst.

Noch zwei Minuten bis zum Start.

Ich versuchte krampfhaft, mich zu konzentrieren.

Hundert Meter Schmetterling, das waren zwei Bahnen. Ein Startsprung, schwimmen, eine Wende, weiterschwimmen, und in einer guten Minute würde ich wieder zurück sein.

Ein Kinderspiel, redete ich mir ein und verbannte die Bilder aus meinem Kopf, die plötzlich auftauchten. Bilder von Wadenkrämpfen, plötzlichen Ohnmachtsanfällen oder Fehlstarts.

Nein, ich würde mich nicht ablenken lassen!

Ich ließ die Arme noch einmal kreisen, lockerte meinen Nacken, meine Oberschenkelmuskeln und überprüfte den Sitz meiner Badekappe und Schwimmbrille.

Dann ging es los.

»Auf die Plätze!«

Ich stieg auf meinen Startblock und brachte mich in Position. Ich achtete nicht mehr auf meine Gegnerinnen, versuchte, mein Schwimmen zu visualisieren, in Gedanken die Bewegungsabläufe beim Startsprung durchzugehen. Wie es mein Trainer mir beigebracht hatte.

Und dann kam der Startschuss.

Mein Absprung war gut, und sofort glitt ich durch das kühle Wasser. Schon nach den ersten zwei, drei Zügen wusste ich: Parallel-Vickys Körper war *wirklich* darauf getrimmt, zu schwimmen. Ich spürte es in jedem Muskel, in jeder Faser. Vermutlich tat sie überhaupt nichts anderes, außer zur Schule zu gehen und zu lernen. Aber ich konnte es mir nicht leisten, jetzt darüber nachzudenken, ich musste versuchen, ein gutes Ergebnis zu liefern.

Gleich kam die Wende.

Die bekam ich leider nicht ganz perfekt hin und verlor ein wenig Zeit – die andere Vicky hatte sich bestimmt beim Einschwimmen genau die Punkte gemerkt, an denen sie mit der Wende ansetzen musste, aber das wusste ich natürlich nicht, ich musste ganz kurz abbremsen, um mich wieder optimal abstoßen zu können.

Egal, weiter.

Weil meine Arme und Beine langsam schwer wurden, versuchte ich, mir vorzustellen, dass ein riesiges Krokodil hinter mir her sei. Oder der schnauzbärtige Dieter Bohlen. Ich mobilisierte wirklich meine letzten Kräfte, meine mentalen Kräfte und Parallel-Vickys körperliche. Ich spürte, dass meine Gegnerinnen neben mir waren, aber ich hatte nur noch zwanzig Meter vor mir.

Fünfzehn.

Zehn.

Und dann … der Anschlag.

Ich keuchte und japste und musste kurz untertauchen, um mich abzukühlen. Ich war völlig fertig, aber auch stolz.

Ich hatte es geschafft! Ich hatte nicht gekniffen, sondern es durchgezogen. Ich hatte mein anderes Ich würdig vertreten.

»01:07,35, dritter Platz«, sagte die Dame, die die Zeit nahm, und notierte sich etwas auf ihrem Klemmbrett.

Dritter Platz! Von acht Schwimmerinnen!

Ich unterdrückte ein lautes Jubeln, als ich mich am Beckenrand aus dem Wasser stemmte.

Das Mädchen mit dem Zopf stand schon da und hielt mir mein Handtuch hin.

Aber warum sah sie mich so an, als ob gerade mein Hund gestorben war? Oder ihrer?

»Platz drei!«, rief ich und rubbelte mich kurz ab.

»Ja, ich weiß schon.« Sie seufzte. »Aber du hast ja noch vier Wettbewerbe vor dir, das war sicher nur ein Ausrutscher. Ich würde an deiner Stelle allerdings ein wenig warten, bis du dem Coach unter die Augen trittst.«

Mein Hochgefühl war so schnell verflogen, wie es gekommen war.

Platz drei war schlecht???

Das hier war keine Parallelwelt – das war ein einziger Albtraum.

Und beinahe wäre ich vor Dankbarkeit auf die Knie gesackt, als sich plötzlich der altbekannte Zimtschneckenduft unter den Chlorgeruch mischte.

Und mich endlich wieder nach Hause brachte.

3.

Zurück in meiner Welt, strich mir ein milder Wind um die Nase, der nach geschnittenem Gras und frisch Gegrilltem roch – eine Wohltat nach dem Chlorgestank im Schwimmbad. Die Sonne schien so hell in mein Gesicht, dass ich blinzeln und meine Augen mit der Hand beschatten musste, um zu sehen, wo mein eigener Körper sich gerade befand.

Als ich in die Parallelwelt gesprungen war, hatte ich in einer fahrenden U-Bahn gesessen, und jetzt … stand ich auf einem Bahnsteig unter freiem Himmel. Und neben mir fuhr ein Zug in den Bahnhof ein.

»Endstation, bitte alle aussteigen«, schnarrte es durch den Lautsprecher, aber aus dem Waggon stieg nur eine Handvoll Fahrgäste. Hauptsächlich Mütter mit Kinderwägen, Jogger und Leute mit Einkaufstaschen.

Offenbar war Parallel-Vicky *nicht* an der nächsten Station ausgestiegen, wie ich es mit Konstantin ausgemacht hatte.

Ich unterdrückte ein Stöhnen. Natürlich hatte sie das nicht wissen können. Genauso wenig wie die Tatsache, dass Konstantin und die anderen vermutlich dort auf sie gewartet hatten. Konstantin war zwar höchstwahrscheinlich gerade eben auch in die Parallelwelt gesprungen, aber weil er eine Bahn vor mir genommen hatte, war er bestimmt *vor* seinem Sprung ausgestiegen und hatte, als es passierte, schon am Bahnsteig gestanden. Parallel-Vicky in *meinem* Körper war allerdings einfach sitzen geblieben, bis es nicht mehr weiterging.

Womöglich war sie so geschockt von dem Sprung, dass sie sowieso zu nichts anderem in der Lage gewesen war, was ich durchaus verstehen konnte.

Tja, da stand ich nun, auf einem Bahnsteig zwischen hohen Bäumen und kleinen Wohnhäusern auf der einen Seite und einem riesigen Maisfeld auf der anderen.

Es war sehr friedlich hier, und ich war für einen Moment echt dankbar, dass ich diesen elenden Wettkampf verlassen durfte, egal, wo ich hier gestrandet war. Ich war tausendmal lieber in irgendeinem Vorort als in diesem Schwimmbad.

Trotzdem wollte ich natürlich meine Freunde wiedertreffen und zu diesem Handyladen – die Reihenfolge war mir dabei inzwischen egal. Also setzte ich mich in den nächsten Zug, der mich zurück in die Stadt brachte.

Ich schätzte, dass ich etwa zwanzig, dreißig Minuten in der Parallelwelt gewesen war. (Zwanzig seeehr lange Minuten. Außerdem hatte ich das Gefühl, als ob meine Arme und Beine hier genauso müde waren und weh taten wie dort. Waren das Phantomschmerzen? War so was in der Parallelweltspringerei überhaupt möglich? Notiz an mich: Pauline fragen!)

In der Innenstadt stieg ich an der Station aus, an der ich gehofft hatte, die anderen wiederzusehen. Stattdessen: gähnende Leere auf dem Bahnsteig. Ich versuchte, nicht allzu enttäuscht zu sein und ging sogar die Treppen nach oben, um zu sehen, ob sie vielleicht im Zwischengeschoss oder auf der Straße warteten. Doch tief im Inneren wusste ich schon, dass die Chancen dafür schlecht standen. Wenn sie (oder wenigstens nur Konstantin) nicht direkt am Bahnsteig warteten, waren sie mit Sicherheit weitergefahren. Mein Verschwinden – und seines – war ja mittlerweile auch schon eine Dreiviertelstunde her. Meine Freunde waren bestimmt davon ausgegangen, dass wir uns später schon irgendwie finden würden.

Wo Konstantin wohl in der Parallelwelt gelandet war? War er wirklich noch ausgestiegen, vielleicht zusammen mit Nikolas? Oder hatte ihn der Sprung genau wie mich eiskalt erwischt und er war doch noch in der Bahn gestanden? Durch diesen blöden Schwimmwettbewerb war ich dort genauso handylos und unerreichbar wie hier gewesen und somit komplett auf mich alleine gestellt. Und auch wenn ich mir eben noch verzweifelt gewünscht hatte, in meine Welt zurückzuspringen, konnte ich nicht umhin zuzugeben, dass ich in diesem Moment ein gewaltiges Problem hatte.

Oder mehrere.

Erstens: Ich kannte mich hier nicht aus.

Zweitens: Ich hatte kein Handy, um jemanden anzurufen oder um einen Stadtplan zu laden. (Noch eine Notiz an mich: überhaupt wieder anfangen, Notizen zu machen. Handschriftlich. Und beim nächsten Ausflug in die Stadt einen Plan aus Papier mitnehmen. Würde mir gerade viel Ärger ersparen.)

Drittens: Ich hatte nicht wirklich eine Idee, wie es weitergehen sollte. Konstantin musste ebenfalls inzwischen aus der Parallelwelt zurück sein, aber was genau machte er jetzt? Beziehungsweise, wo war sein anderes Ich hingegangen? Waren sie alle mittlerweile in diesem Media-Store? Leider hatte ich keine

Ahnung, wie der Store genau hieß, weswegen ich mich auch nicht durchfragen konnte.

Zum Glück sah Mum mich jetzt nicht so, sie würde mich vermutlich in Zukunft ständig damit aufziehen, dass ich so ein tollpatschiges … *Moment*!

Mum und Dad waren bei diesem Kochkurs! Wie war gleich die Adresse?

Ich wühlte den Flyer aus meinem Rucksack, den Mum mir in weiser Voraussicht vorhin noch gegeben hatte.

Königinstraße 33.

Drei Mädchen, etwa in meinem Alter, standen ein paar Meter neben mir, und ich steuerte spontan auf sie zu. Sie hatten die Köpfe zusammengesteckt und tuschelten aufgeregt miteinander. Ich musste mich direkt neben sie stellen und dreimal ansetzen, ehe sie überhaupt auf mich aufmerksam wurden.

»Entschuldigung? Hallo? Sagt mal, wisst ihr, wie ich in die Königinstraße komme?«

Die Mädels hatten ihr Gespräch unterbrochen und sahen mich an, als ob ich nach der genauen Adresse der Milchstraße gefragt hatte.

»Königinstraße? Gib das doch einfach in dein Handynavi ein.«

»Ich hab kein Handy«, sagte ich zerknirscht.

Wie auf Befehl fingen alle drei gleichzeitig an zu kichern.

»Kein Handy? Wo kommst du denn her, aus Timbuktu?«

»Nein, aus –« Moment mal. Warum verteidigte ich mich eigentlich? Ich hatte denen doch nix getan.

Glücklicherweise schien das eine von ihnen auch zu denken.

»Ist gar nicht weit«, sagte sie jetzt und ignorierte ihre feixenden Begleiterinnen. »Du kannst sogar die U-Bahn hier nehmen, Richtung Rathaus. Drei Stationen, und dort gehst du den hinteren Ausgang nach oben, dann kommst du direkt in der Königinstraße raus.«

»Oh, super. Danke!« Hörte sich nicht so kompliziert an, das würde ich schaffen.

»Was willst du denn ausgerechnet da?«, fragte noch mal die Blonde, ziemlich frech, wie ich fand – und jetzt fing sogar die Nette an zu kichern.

Da wurde es mir zu blöd.

»Ein Date mit dem heißesten Typen der ganzen Stadt«, sagte ich. Dann drehte ich mich um und ließ die Truppe stehen.

Plötzlich lachte keine mehr von ihnen.

Als die nächste Bahn einfuhr und ich in den Waggon stieg, hörte ich noch eine von ihnen sagen: »Siehst du, sogar die Kleinen, Merkwürdigen bekommen einen ab.«

Die Königinstraße lag in einem ziemlich gediegenen Viertel – bei dem Namen wunderte mich das allerdings auch nicht. Die eindrucksvollen Häuserfronten reihten sich entlang einer schmalen Straße, in der ich sofort einige nette Cafés und Geschäfte entdeckte, die genau mein Geschmack waren. Und wie ich Mum kannte, wäre auch sie kaum an ihnen vorbeigekommen. Der österreichische Feinkostladen mit Bistro zum Beispiel, aus dem es so lecker nach Mehlspeisen roch, dass ich beinahe schwach wurde – immerhin hatte ich einen anstrengenden Schwimmwettbewerb hinter mir, okay, es war zwar nicht mein Körper gewesen, der geschwommen war, aber der mentale Stress machte auch hungrig. Oder das Café gegenüber mit den dicken roten Sitzkissen auf den Bänken vor der Tür. (Wenn ich hier wohnen würde, hätte ich nie auch nur einen Cent Taschengeld übrig!)

Aber nun, ich hatte eine andere Mission.

Weil ich keine Ahnung hatte, in welcher Richtung die Wohnung der Sterneköchin lag, lief ich einfach los – und erstaunlicherweise lag ich sogar mal richtig. Ich kam gerade an Hausnummer *14* vorbei, nachdem ich die *10* und die *12* passiert hatte. Bis zur *26* war es noch ein Stück, aber ich begann mich zu entspannen. (Vor allem, da ich jetzt wusste, dass es eine Parallelwelt gab, in der gerade eben jener grauenhafte Wettkampf stattfand.)

Ich wurde langsamer und prompt rechts und links von zwei Jungs überholt, die sich aufs Haar ähnelten. Quasi geklont.

Vor Verblüffung blieb ich stehen und starrte sie an – ich gebe es ungern zu, aber es war so, doch glücklicherweise rauschten sie so schnell an mir vorbei und waren dabei in eine lautstarke Unterhaltung vertieft, dass sie es nicht bemerkten.

Schnell senkte ich meinen Blick. Ich war ja schließlich nicht Claire, die trotz Leonard noch immer jedes männliche Wesen in ihrer unmittelbaren Umgebung abscannte. Aber auf das, was sie sagten, hörte ich doch genau, dazu fand ich das doppelte Lottchen in männlich doch zu interessant.

Der Linke fragte nämlich gerade: »Warum bist du denn so komisch?«, woraufhin der Rechte antwortete: »Ich hab mich mit Sophia getroffen. Und sie will da weitermachen, wo wir aufgehört hatten.«

Oh. Sie redeten über ein Mädchen! Ich spitzte meine Ohren. Dass man ein vertrauliches Gespräch zwischen zwei Jungs – zwei Zwillingsbrüdern – hautnah miterlebte, war wirklich selten. Man erfuhr ja praktisch nie, was Jungs wirklich dachten. Deshalb war meine Neugier so dermaßen angestachelt, dass ich ihnen quasi dicht auf den Fersen bleiben *musste.* Um weiter mithören zu können. Ganz unauffällig, natürlich. Und *rein* zufällig.

Der Linke sah jetzt den Rechten an. »Ihr habt damit aufgehört, dass sie vor einem Jahr mit dir Schluss gemacht hat, bevor wir für das Austauschjahr nach Kanada gegangen sind.«

Oha. Sophia stand also nicht auf Fernbeziehungen.

Der Rechte nickte. »Ich weiß. Aber jetzt will sie wieder von vorne anfangen. Oder, na ja, eben weitermachen.«

»Einfach so? Ein Jahr später? Als ob nix gewesen wäre?« Der Linke machte einen Grunzlaut, und ich beinahe mit ihm. Diese Sophia wusste ja wirklich nicht, was sie wollte.

»Und willst du auch?«

Ein Seufzen von rechts. »Auf keinen Fall. Jetzt nicht mehr.«

»Aber ihr habt euch doch das ganze Jahr über geschrieben, ich dachte, da wär noch was.«

»Ja, na ja, haben wir auch. Aber jetzt …«

Pause. Linker starrt den Rechten an, und ich mit ihm.

»Jetzt ist was?«

»Jetzt ist was anders.«

Oh, là, là. *Das* war jetzt mal spannend! *Bitte, bitte frag, warum was anders ist!!!*

»Warum ist was anders?«

Danke!!!

»Weil … ach … verdammt …«

Ach, wenn die beiden doch nicht so riesig wären und so schnell gingen, da war ich mit meinen kurzen Zwergenbeinen echt im Nachteil, und ich machte ein paar kleine Hoppelschritte, um weiterhin in Hörweite zu bleiben. Zum Glück waren die so aufeinander konzentriert, dass sie ihre Umgebung überhaupt nicht beachteten.

Doch plötzlich blieb der Rechte stehen und der Linke gleich mit ihm, als ob sie alle ihre Bewegungen synchronisiert hatten.

»Weil es da noch jemanden gibt …«

Blöderweise hatte ich gerade noch mal beschleunigt, weil ich einem Kind auf einem Laufrad ausweichen musste und dadurch wichtige Zentimeter verloren hatte, und ich machte einen schnellen Schritt zur Seite, damit ich nicht direkt in den Linken hineinrauschte. Ich hatte aus den Augenwinkeln gesehen, dass neben mir ein Laden mit einer offenen Türe war, in dem ich mich blitzschnell verstecken wollte.

Und das hätte auch ganz prima funktioniert, ehrlich.

Die Jungs starrten sich nämlich so eindringlich an, dass sie mich auch dann nicht bemerkten, als sie stehen blieben.

Erst, als ich nicht wie geplant im Ladeninneren verschwand, sondern vorher mit dem Fuß an diesem blöden, blöden Werbeaufsteller hängen blieb, der vor dem Geschäft auf dem Bürgersteig stand.

Und dann gemeinsam mit ihm laut scheppernd zu Boden ging.

Da schauten sie.

Und ich wäre am liebsten gestorben vor Scham.

Denn da lag ich nun – in unstabiler Seitenlage, halb unter einem Klappaufsteller, auf dem Gehweg.

Ging es schlimmer? Ich glaube nicht.

Die Zwillinge standen jetzt direkt vor mir und sahen auf mich herab. Mit ihren sehr blauen Augen musterten sie mich verwundert bis argwöhnisch. Ich musste aber auch wirklich dämlich aussehen, wie ich da lag, und ich rappelte mich schnell auf und stellte das Bild wieder hin. Dabei sah ich, was darauf stand:

Probleme mit den Augen? Ihr Optiker berät Sie gerne!

O Mann, war das peinlich.

Weil die Jungs mich immer noch anstarrten, sagte ich:

»Ich, äh … wollte gerade meine neue Brille abholen, ich bin extrem kurzsichtig, wisst ihr? Und weitsichtig irgendwie auch, sonst hätte ich ja diesen Aufsteller gesehen. Irgendwie. Also, dann … schönen Tag noch!«

Ich ließ die beiden stehen und ging schnurstracks in den Optikerladen.

Ach, war das alles schrecklich. Zum Glück kannte mich hier keiner, so dass ich drinnen einfach nur kurz wartete und die Sonnenbrillen ansah, bis die Jungs weitergegangen waren.

Schade um das spannende Gespräch, ich hätte zu gerne gewusst, wie die Sache mit Sophia weiterging. Aber das eben war zu erniedrigend gewesen, um den beiden jemals wieder unter die Augen zu treten.

Nach einer guten Minute traute ich mich wieder nach draußen, und tatsächlich waren die Jungs schon ein ganzes Stück weitergegangen.

Puh. Jetzt lieber schnell zu dieser Bea und meinen Eltern, bevor mir noch etwas Blödes passierte.

Ich ging weiter und überprüfte die Hausnummern, an denen ich vorbeikam. *18, 20, 22.* Prima, dann konnte es ja nicht mehr so weit sein.

Die Zwillinge waren nicht mehr zu sehen, und da war auch schon die große Eingangstür von Nummer *33*. Sie stand ein wenig offen und war gerade dabei, zuzufallen, offenbar war vor einem Moment jemand rausgegangen.

Schnell schob ich meinen Fuß in den Spalt und schlüpfte nach drinnen. Ich konnte ja auch direkt oben an der Tür klingeln.

Doch als ich im pompösen Treppenhaus die Stufen nach oben stieg, hörte ich Stimmen über mir.

Und traute meinen Ohren kaum. Das waren sie wieder! Die Zwillinge! Wohnten die etwa hier?

Und sie redeten immer noch, anscheinend gab das Thema Sophia wie erwartet eine Menge her. Leider hatte ich durch meinen Zwischenstopp im Laden den Anschluss verloren, denn ihr Gespräch wurde nun undurchsichtig.

»Ich dachte, du wärst der Letzte, dem das passieren würde!«, sagte der eine. »Warum hast du mir das nicht gleich erzählt? Ich hab doch die ganze Zeit gewusst, dass irgendwas los ist.«

»Zu erzählen gibt es da nichts«, erwiderte der andere knapp.

Tsss …

Wenn ein Junge in meinem Alter *zu erzählen gibt es da nichts* sagte, war das höchst auffällig. Sogar *ich* wusste, dass es dann immer am allerspannendsten wurde, wenn man nur ordentlich nachbohrte.

»Ich meine doch nur«, erwiderte der andere. »Du siehst nämlich echt fertig aus.«

»Geht's noch ein bisschen lauter?«, zischte der andere. Seine Turnschuhe quietschten auf dem polierten Steinboden, als ob er sich gerade umdrehte.

Ich hatte mich an die Wand gedrückt, und dadurch, dass ich mindestens ein ganzes Stockwerk unter ihnen war, konnten sie mich nicht entdecken. Nennt mich Sherlock Vicky, ha!

»Hast du dir mal überlegt, dass das ganz schön kompliziert werden könnte?«, flüsterte jetzt der andere wieder.

»Ich weiß. Ich krieg schon seit Tagen kein Auge zu.«

»Andererseits – es wäre tausendmal besser als Sophia, wenn du mich fragst.«

Was wäre besser? Menno, ich hatte echt einen entscheidenden Teil des Gesprächs vorhin verpasst. Aber – was ging es mich eigentlich an?

Ja, das war die Frage aller Fragen. Was tat ich hier zum Teufel? Statt schleunigst zu Mum und Dad vorzustoßen, stalkte ich irgendwelche wildfremden Jungs, nur weil sie sich glichen wie ein Ei dem anderen. Himmel, der Schwimmwettbewerb war wirklich zu viel für mich gewesen.

Ich würde jetzt zu dieser Köchin gehen, mir bei Mum und Dad ein Handy schnappen und Konstantin anrufen.

Inzwischen war es im Haus still geworden. Ich sprang die letzten Stufen nach oben und kam im vierten Stock an. Wie in den anderen Stockwerken auch gab es hier zwei Wohnungstüren, und die von Bea von Bergen war die linke.

Beherzt drückte ich auf den Klingelknopf – und nur eine Sekunde später wurde die Tür von innen aufgerissen.

Und plötzlich stand ich frontal den Zwillingen gegenüber.

Die mich mit zusammengekniffenen Augen anstarrten.

4.

Das war mal wieder typisch für mich. Am liebsten hätte ich meinen Schädel gegen den Türrahmen gedonnert. Wie konnte ich nur so doof sein? Warum hatte ich nicht daran gedacht, dass sie bei der Sterneköchin wohnen könnten, oder wenigstens ein paar Minuten gewartet, ehe ich klingelte?

So stand ich vor den beiden, die aus der Nähe noch riesiger und irgendwie furchteinflößend aussahen. Und die außerdem clever genug schienen zu begreifen, dass ich hinter ihnen durch die Tür unten geschlüpft sein musste.

Und dass ich ihr Gespräch mitbekommen hatte.

»Wer bist du?«, fragte der eine, und gruseligerweise bewegte er dabei kaum seinen Mund, obwohl die Worte einwandfrei zu verstehen waren.

Ich widerstand dem Drang, den Kopf einzuziehen, und versuchte es mit blumigen und vor allem vielen Worten. Pauline machte das immer, wenn sie in Schwierigkeiten war, und jedes Mal schaffte sie es damit, ihr Gegenüber so zu verwirren, dass alles irgendwie doch glimpflich ablief.

Hoffentlich klappte das bei mir auch. (Alternativ konnte ich mir jetzt übrigens auch einen Parallelweltsprung vorstellen, sogar zum Schwimmen – hast du gehört, Schicksal? Aber kein Zimtgeruch weit und breit, eher ein klein bisschen Knoblauch. Und waren das Trüffel?)

»Ich bin Vicky King, und meine Eltern machen gerade einen Kochkurs bei Bea von Bergen, und ich müsste kurz mit ihnen sprechen, mein Handy ist nämlich kaputt, und ich habe meine Freunde in der Stadt verloren, und meinen Freund auch … also, nur kurzzeitig, hoffe ich, und ich müsste ihn dringend anrufen und einen Treffpunkt ausmachen. Außerdem muss ich zu diesem Handyladen, da kann ich nur heute hin, und ich weiß nicht, wie lange der offen hat, aber ich hab keinen Schimmer, wo er ist, und ich wollte auf dem Stadtplan schauen, aber ohne Handy natürlich auch kein Navi, und die einzige Adresse, die ich habe, ist diese, und ich weiß sonst echt nicht, wohin …«

Die Zwillinge starrten mich immer noch so durchdringend an, dass ich sicher war, dass sie gegen mein wirres, verzweifeltes Gerede immun waren. Schöner Mist. Ich musste sie wiederum selbst anstarren, denn sie sahen sich wirklich wahnsinnig ähnlich. Ich war nicht blöd, ich wusste, was gleiche DNA bedeutete, aber ich hatte in meinem Bekanntenkreis tatsächlich ein eineiiges Zwillingspärchen, und bei denen gab es immer etwas, woran man sie unterscheiden konnte. Bei den Jungs hier waren es maximal die Augenringe des rechten, die bläulich schimmerten. Wahrscheinlich war das der, der nicht schlafen konnte, warum auch immer.

Doch schlaflos oder nicht – sie machten immer noch keine Anstalten, mich reinzulassen.

»Wo ist denn deine Brille?«, fragte der Linke, verschränkte die Arme vor der Brust und legte den Kopf schief.

Ich guckte ihn verdutzt an. »Hä? Welche Brille?«

»Die, die du vorher beim Optiker abgeholt hast. Oder war das nur eine blöde Ausrede, weil du uns verfolgt hast?«

»Ich hab euch nicht verfolgt! So was Dämliches, bildet euch bloß nix ein. Außerdem mag ich keine Brillen, ich hab lieber die Kontaktlinsen genommen.«

Weil die beiden mich immer noch ansahen, als ob ich eine durchgeknallte Staubsaugervertreterin wäre, versuchte ich es mit meinem letzten Ass im Ärmel. Die Nummer Armes-wirklich-so-verzweifeltes-Mädchen-dass-ihm-schon-fast-nix-mehr-peinlich-Ist. (Die kommt übrigens ganz knapp vor dem Losweinen.)

»Dürfte ich jetzt bitte reinkommen? Ich, äh … muss nämlich mal außerdem … ganz dringend … aufs Klo?!«, quiekte ich und merkte, wie meine Wangen sich verräterisch verfärbten. Herrje, war das peinlich. Aber endlich stöhnte einer von ihnen und hielt mir resigniert die Tür auf.

Ich betrat die Wohnung und fand mich in einem langen Flur wieder, von dem zu beiden Seiten jede Menge Türen abgingen. Das Haus hatte zwar von außen schon sehr schick ausgesehen, aber das Innere toppte noch mal alles: Fischgrätparkett, riesig hohe Decken mit Stuckverzierungen, Doppelflügeltüren – das ganze Altbauprogramm. Ich konnte mir genau die Reaktion meiner Mum vorstellen, als sie das hier gesehen hatte. Vermutlich war sie wie ein Dreijährige auf- und abgehüpft und hatte diese Bea sofort über alles ausgequetscht. Und die türkise Wandfarbe da hinten hatten wir bestimmt bald auch irgendwo.

Einer der Zwillinge war unbemerkt hinter einer Tür verschwunden, der andere deutete den langen Flur entlang.

»Immer geradeaus, am Ende rechts, dann siehst du schon die Küche«, sagte er knapp.

Ich nickte und streifte mir die Schuhe ab. Der Junge – dessen Namen ich immer noch nicht wusste (und ich bezweifelte auch, dass er ihn mir überhaupt verraten würde), ging drei Schritte hinter mir. Vielleicht war er sich nicht sicher, ob er es mit einer Einbrecherin zu tun hatte, und ganz ehrlich, wenn ich eine gewesen wäre, hätte ich hier sicher jede Menge lohnende Beute gefunden. (Allerdings sah der Zwilling auch so aus, als ob er mich innerhalb von einer Sekunde plattmachen konnte, wenn ich eine Dummheit machen sollte. Der und sein Bruder machten sicher auch irgendeinen Sport. Baumstämme werfen vielleicht, so wie die aussahen.)

Leider waren die meisten Türen entlang des Flurs geschlossen, aber ich entdeckte ein Badezimmer und eine kleine Waschküche zu meiner Rechten, und links erst noch ein ziemlich unaufgeräumtes Zimmer, das vielleicht sogar seines war. Danach eine angelehnte Tür, und ganz hinten, bevor es um die Ecke ging, konnte ich ein Wohnzimmer und ein Esszimmer mit einem riesigen Tisch entdecken.

»Dort drüben rein«, sagte jetzt mein Begleiter und deutete um die Ecke, und ich warf ihm einen genervten Blick über die Schulter. Ja, doch. Wenn der wüsste, was ich heute schon hinter mir hatte …

Aber in diesem Moment hörte ich meine Mum laut lachen, Dad etwas leiser, und Gläser klirren.

Hier war ich richtig. Die letzten Schritte ging ich schneller und machte die Tür zur Küche auf.

Und *das* war mal ein Raum! Ich hatte mich schon gefragt, wie merkwürdig denn so eine Sterneköchin sein musste, wenn sie bei sich zu Hause Kochkurse machte – war sie aber gar nicht. Denn es gab wahrscheinlich auf der ganzen Welt keinen schöneren Ort zum Kochen als diese Küche. Wenn das meine wäre, würde ich mich hier auch nicht mehr wegbewegen.

Zuerst mal war der Raum riesig, bestimmt so groß wie unser halbes *B&B*. Zu meiner Linken stand die eigentliche Küche, eine moderne Zeile samt Kochinsel und Barhockern in Steingrau vor farngrünen Wänden. Ein ovaler Esstisch mit sechs Sesseln war auf der gegenüberliegenden Seite, daneben an der Wand ein offener Kamin. Durch die riesigen Fenstertüren zeichnete die Sonne Muster auf das Parkett, und ich musste an das tolle Einrichtungshaus in London denken, in dem ich mit Mum mal war – und in das sie direkt hatte einziehen wollen. Genau so sah es hier aus. Dass jemand wirklich so wohnte, war der absolute Wahnsinn.

Meine Eltern begrüßten mich mit großem Hallo, und auch Bea von Bergen wischte sich sofort die Hände an ihrer roten Schürze ab, um sich vorzustellen. Sie hatte durchaus Ähnlichkeit mit den Zwillingen, aber sie war fast so klein wie ich und zart wie ein Püppchen. Doch sie drückte fest meine Hand und strahlte mich an.

»Das ist ja schön, dass ich dich kennenlerne. Du siehst wirklich aus wie deine Mutter!«

Ich lächelte, das Kompliment bekam ich oft. Mum freute sich auch jedes Mal, denn sie meinte dann immer, dass sie immer noch wirkte wie fünfzehn.

Ich fasste kurz zusammen, weswegen ich da war. Von meinem Missgeschick an der U-Bahn, dass ich die anderen verloren hatte und von dem fehlenden Stadtplan. (Natürlich ließ ich den Parallelweltsprung aus, der dazwischengekommen war. Davon, dass ich solche Sprünge machte, wussten meine Eltern nichts, nur Konstantin, Pauline, Nikolas und ich. Und, na ja, seit kurzem auch meine Tante Polly. Lange Geschichte.)

Der Verfolgungszwilling lehnte währenddessen stumm im Türrahmen. Meinen Eltern hatte er zur Begrüßung nur zugenickt.

Bea wandte sich jetzt an ihn.

»Ach, Meg, Kenneth, das ist einer meiner Söhne, Arthur. Sag mal, hast *du* zufällig meine Parmesanreibe gesehen? Ach, wahrscheinlich nicht. Aber hast du eine Ahnung, ob Lina noch da ist?«, fragte sie.

Verfolgungszwilling, aka Arthur, schüttelte energisch den Kopf.

»Hab ich nicht, bin ja gerade erst rein. Wieso?«

»Weil sie hier wohnt, und ich sie noch etwas fragen wollte«, antwortete Bea fröhlich, doch ich hatte plötzlich das Gefühl, dass sie gar nicht so unbedarft war, wie sie tat. Sie beobachtete ihren Sohn nämlich sehr genau, während der sich eine Flasche Wasser aus dem Kühlschrank holte und fast mit einem Zug austrank.

Arthur allerdings spielte das Ich-bin-ein-Junge-und-kriegnix-mit-Spiel auch sehr gut. »Was gibt's denn?«, fragte er und deutete auf die Töpfe auf dem Herd, aus denen es unverschämt gut roch.

»Für euch heute was von Therese, oder lieber von Herrn Nguyen? Das hier ist nur für Meg und Kenneth. Und Vicky, wenn sie möchte.«

Bedauernd schüttelte ich den Kopf. »Ich muss gleich wieder los. Meine Freunde machen sich sicher schon Sorgen. Aber es riecht wahnsinnig gut.«

Bea strahlte. »Danke, Liebes. Wo musst du denn eigentlich hin?«

Ich ließ mir von Dad die Adresse vom Handyladen noch einmal sagen, und Bea ging zu einem Schrank und zog einen (echten!) Stadtplan heraus.

»Ohne Smartphone und Karten-Apps ist das wirklich nicht so leicht zu finden, aber ich zeig's dir.«

Arthur hatte sich in der Zwischenzeit verdünnisiert, ohne sich zu verabschieden. Aber, ehrlich gesagt, legte ich da auch nicht so viel Wert drauf. Er war irgendwie merkwürdig, obwohl er rein äußerlich schon gut aussah, wenn man denn mal hinter seinen kinnlangen, dunklen Haaren sein Gesicht sehen konnte.

Nachdem ich mir den Weg eingeprägt hatte (zu Fuß zurück zur U-Bahn-Station, dann fünf Stationen fahren, in Fahrtrichtung hinten aussteigen, Treppe rauf, die erste Straße rechts rein und dann gleich wieder links – zur Sicherheit wiederholte ich das noch ein paarmal), lieh ich mir Dads Telefon und rief Konstantin an.

Der sich gleich beim zweiten Klingeln meldete, offenbar hatte er meinen Anruf schon erwartet.

»Endlich«, sagte er und klang erleichtert. »Ich hab mir schon Sorgen gemacht.«

»Bist du auch …?«, begann ich.

»Klar«, sagte er fröhlich. Er schien den Sprung mal wieder genossen zu haben. »Muss ich dir unbedingt erzählen.«

»Aber nicht am Telefon.« Ich schielte zu meinen Eltern und Bea. »Pass auf, ich bin bei meinen Eltern in der Königinstraße. Am besten fahre ich jetzt ganz schnell zu diesem Handyladen, ja? Damit ich wenigstens erreichbar bin. Und dann treffen wir uns in der Stadt.«

Konstantin stimmte zu. »Dann machen wir am besten zur Sicherheit zwei Termine aus.«

Ich sah auf die Uhr. Es war später als gedacht – schon kurz nach vier … Dieser verflixte Schwimmwettkampf hatte mir wirklich den ganzen Tag verdorben.

»Lass uns beim Rathaus treffen, das liegt am günstigsten. Einmal um sechs und einmal um sieben, falls ich es bis dahin nicht schaffe, ich muss bestimmt ein bisschen warten.«

Als ich wieder aufgelegt hatte, atmete ich tief durch. Okay, alles wieder gut. Ich warf noch einen sehnsüchtigen Blick auf die Töpfe, aus denen es so verheißungsvoll roch. Ich wusste nicht, wie man hier leben konnte, ohne ständig zu essen. Auch die kleinen Pastetchen mit Birnenchutney, die auf dem Tisch standen und von denen ich mir eins stibitzte, fachten meinen Appetit eher an, als dass sie ihn stillten. Aber wenn ich von dem Tag in der Stadt noch etwas haben wollte, musste ich jetzt los.

Ich verabschiedete mich von meinen Eltern und Bea, die sich jetzt mit dem Nachtisch beschäftigten (Grießsoufflés!!! Und Passionsfruchttörtchen!!!), und trabte den langen Gang hinunter Richtung Ausgang. Jetzt waren die beiden Türen geschlossen, die, wie ich vermutete, zu den Zimmern der Zwillinge gehörten. Dahinter hörte ich leise Musik.

Ich zog meine Schuhe an und richtete mich auf, um mich noch kurz in dem großen Spiegel neben der Haustür zu mustern. Doch im gleichen Moment zuckte ich zusammen.

Und musste ganz kurz an mich halten, um nicht vor Schreck aufzukreischen.

Das *war* gar kein Spiegel.

Denn wenn es einer war, hatte ich auf einmal lange, hellblonde Haare und einen rotgemusterten Faltenrock an. Oder war ich gerade wieder in eine Parallelwelt gesprungen und hatte es nicht gemerkt?

Nein, hier war eine Art Tür. Ein Durchgang.

»Hallo?«, sagte ich und kam mir im gleichen Moment dämlich vor. Aber nur rumstehen und durch das Loch in der Wand glotzen war irgendwie auch nicht so cool.

Das blonde Mädchen drehte sich zu mir um. »Hey. Kann ich dir helfen?«

»Ich, äh … wollte gerade gehen. Ich bin Vicky. Meine Eltern machen einen Kochkurs bei Bea.«

»Ah, okay. Die Kochkurse bei Bea sind der Hammer, ich treibe mich dann immer in der Nähe rum, weil so viel zum Probieren abfällt. Ich war vorhin drüben, deine Eltern sind supernett! Dein Papa ist Engländer, oder?«

Ich musste ein bisschen ratlos geschaut haben, als sie anfing zu lachen. »Entschuldige – ich bin Lina. Mein Papa und Bea sind ein Paar, sie haben die Wohnungen nebeneinander. Leider nicht im gleichen Haus, deshalb wurde vor einer Woche dieser Mauerdurchbruch hier gemacht.« Sie deutete auf das Loch zwischen uns in der Wand, das ich irrtümlich für einen Spiegel gehalten hatte.

Es war tatsächlich ein echter Durchgang – zwischen zwei Häusern, denn auf der anderen Seite konnte ich eine zweite Wohnungstür erkennen und einen zweiten Flur mit einer eigenen Garderobe. Aber dadurch, dass der Durchgang im Vergleich zu dieser herrschaftlichen Wohnung eher klein war, nicht größer als eine normale Zimmertür und daneben ein Schuhregal stand, hatte ich sie nicht als solche wahrgenommen. Na ja, und vorhin standen ja auch die beiden Kolosse von Zwillingen davor, die hatten alles hinter sich abgedeckt.

Ich schaute Lina an. »Haben Bea und dein Vater sich kennengelernt, weil sie Nachbarn sind?« Verflixt, was war denn das für eine Frage? Ich kannte das Mädchen ja kaum. Bei Mum regte ich mich immer auf, wenn sie sofort so persönlich wurde, und nun war ich schon ganz genauso.

Aber Lina schien mir die Frage nicht übelzunehmen. Ganz im Gegenteil. Sie lachte. »Viel besser. Sie haben sich verliebt, ohne überhaupt zu wissen, dass sie nebeneinander wohnen. Das haben sie erst später rausbekommen. Und frag mich nicht, wie sie es schließlich geschafft haben, diesen Durchbruch machen zu dürfen. Aber es ist praktisch.« Sie klopfte auf die Mauer. »So musste keiner von uns umziehen, sondern wir können einfach hin- und hergehen, wie es uns gefällt.«

»Das ist ja … abgefahren«, sagte ich. Wir irre war das denn bitte? Das war ja mal wirklich eine romantische Geschichte –

ich musste nachher sofort Mum fragen, was Bea noch so erzählt hatte.

Lina lächelte mich an, während sie ihre Jacke anzog. »Ich muss leider los. Willst du bei uns mit rausgehen? Ich bin gleich fertig.«

Ich nickte und zog meine Schuhe an. Ein paar Putzkrümel knirschten unter meinen Füßen, als ich durch die fast meterdicke Öffnung in der Wand schlüpfte und in der benachbarten Wohnung landete.

Und damit in einer anderen Welt. Die Wohnung von Linas Familie war ebenfalls ein Altbau, aber nur halb so schick wie die von Bea nebenan. Statt Fischgrätparkett gab es hier ausgetretene Bodendielen, die Decken waren genauso hoch, aber einfach nur weiß, und überhaupt war hier alles sehr viel enger und gemütlicher. Zu meiner Rechten gab es drei Türen, zu meiner Linken auch, inklusive Wohnungstür, und noch eine am Ende des Ganges mir gegenüber. Die Wände des Flurs waren übersät mit gerahmten Bildern und Postkarten und sonstigem Zeug, der Garderobenständer heillos überfüllt, darunter ein wilder Haufen Schuhe. Ein bisschen so wie bei uns zu Hause.

Das hier war eine ganz normale Wohnung. Das auf der anderen Seite der Mauer war purer Luxus.

»Ganz anders, oder? Aber ich bin, ehrlich gesagt, total froh, dass es die Lösung mit dem Mauerdurchbruch gab, ich wollte gerne hierbleiben.«

»Dann leben deine Eltern getrennt?« Blöde Frage. Ich versuchte, mir im Kopf ein Bild zurechtzustellen, in dem Bea, die Zwillinge, Lina, ihr Vater *und* ihre Mutter irgendwie Platz hatten.

Ging aber irgendwie nicht.

Sie schien meine Gedanken erraten zu haben und grinste. »Schon seit Ewigkeiten. Mein Bruder und ich haben lange bei meiner Mum gelebt, ganz hier in der Nähe, aber vor über einem Jahr hat sie von ihrer Firma das Angebot bekommen, für eine Weile nach New York zu gehen. Na ja, und weil wir gute Kinder sind und unserer Mutter keine Steine in den Weg legen wollten, haben wir sie dahingeschickt.«

»Oh.« Immer, wenn ich solche Geschichten hörte, wusste ich nicht so recht, was ich darauf sagen sollte.

Tut mir leid?

Oder: *Cool?*

Lina machte allerdings nicht den Eindruck, als ob es ihr in irgendeiner Weise schlechtging, im Gegenteil.

Sie lächelte die ganze Zeit, und ich glaubte ihr in jeder Sekunde, dass sie es auch so meinte. Sie war ein bisschen größer als ich, hatte eben diese tollen, hellblonden Haare, blaue Augen und eine kleine Zahnlücke zwischen den Schneidezähnen. Sie war nicht modelmäßig hübsch, aber sie strahlte. Von innen. Jedenfalls kam es mir so vor, als sie nun wie ein Sommerwind durch die Wohnung rauschte. Alles um sie herum war irgendwie heller. Wenn ich jetzt durch die Maueröffnung hinter mir sah, sah der lange Gang auf der anderen Seite sogar fast ein bisschen trist aus.

»Ich hole nur meine Tasche, ja?«, sagte sie und verschwand mit wehenden Haaren.

»Klar«, erwiderte ich. Und hoffte, dass mein nächster Parallelweltsprung doch noch eine Weile auf sich warten lassen würde. Lina war tausendmal netter als die Leute, die eben beim Schwimmwettkampf waren. (Von der Plackerei im Wasser mal ganz abgesehen.)

Sie war hinter der zweiten Tür auf der rechten Seite verschwunden, vermutlich war dort ihr Zimmer. Ich hörte es rascheln, und ein paar Minuten später trat sie mit einem roten Rucksack in der Hand wieder in den Flur. Doch von jetzt auf gleich schien sie mit den Gedanken weit weg zu sein. Sie sah aus, als hätte sie mich glatt vergessen, zumindest schenkte sie mir nicht einen Blick, als sie die Tasche auf den Boden gleiten ließ und dann in den Raum gegenüber ging. Ich hörte, wie eine Schublade knallte, und dann öffnete und schloss sich eine Kühlschranktür.

Mit ein paar Gegenständen in der Hand kam sie zurück und ging in die Hocke, um alles einzupacken. Ihr Blick war ein bisschen verschleiert, und sie summte leise eine kleine Melodie vor sich hin, als ob ich gar nicht da wäre.

Ich hatte erwartet, dass sie sich etwas zu essen holte, und die kleinen Erdbeerquarkpäckchen in ihrer Hand gaben mir da recht. Aber war das andere da ein Kompass? Und eine Käsereibe? Vielleicht genau die, die Bea drüben in der anderen Wohnung gerade gesucht hatte, die für den Parmesan? Wofür brauchte sie die denn? Als Letztes stopfte Lina einen handtellergroßen Plastikhubschrauber in den Rucksack. So einen kannte ich von meinem Babysitting-Kind, der konnte ganz fiese Geräusche machen, wenn man leichtsinnigerweise Batterien einlegte und die Kinder herausbekamen, wie man ihn anstellte.

Das Teil hatte mich schon so manchen Nachmittag in den

Wahnsinn getrieben, und mehr als einmal war ich schon versucht gewesen, dem Kleinen zu zeigen, dass das Ding auch ganz prima aus dem Fenster des dritten Stocks fliegen konnte.

Was wollte Lina nur damit?

Während sie noch vor mir saß, rutschte ihr schließlich etwas aus der Hand, das ich bisher nicht bemerkt hatte.

Ich bückte mich schnell, um es aufzuheben, und erst dann sah ich, dass es eine Postkarte war. (Ja, mir ist klar, dass man fremde Post nicht liest … aber zeigt mir mal jemanden, der nicht wenigstens kurz einen Blick riskiert in dieser Situation. Die Augen machen das ja praktisch von alleine, bis sich das Gehirn samt guter Erziehung einschaltet.)

Doch Linas Karte war nicht besonders informativ. Auf einer Seite war sie sogar ganz weiß, und auf der anderen standen außer der Adresse nur wenige Sätze in Druckbuchstaben. Das Einzige, was ich auf die Schnelle entziffern konnte, war *Bastian*, *wünsche mir* und *perfekt*, ehe ich Lina die Karte reichte, die sie hektisch entgegennahm und zu den anderen Sachen stopfte.

Keine Spur mehr von verschleiertem Blick. Lina war wieder voll da und schlüpfte mit entschuldigendem Lächeln in ihre Sneaker und schlang sich vor dem Garderobenspiegel ein geblümtes Dreieckstuch um den Hals.

Jetzt fand ich doch, dass sie extrem hübsch war, sehr sogar, allerdings erst auf den zweiten Blick. Und Claire würde wahrscheinlich einen Mord begehen, um von Natur aus so eine hellblonde Mähne wie sie zu haben. So ganz ohne Färben und so. Überhaupt würde Claire sich vermutlich sofort an ihre Fersen heften, sie sagte nämlich immer, dass Schönheit ihresgleichen suchte. (Ich muss sie bei Gelegenheit wirklich mal fragen, warum sie dann seit neuestem so viel Zeit mit mir verbringt und ob ich nicht ihr Karma störe. Aber vielleicht will ich die Antwort lieber gar nicht wissen).

»Okay, jetzt bin ich fertig. Wollen wir?«, fragte Lina munter.

»Gerne!«, antwortete ich und ließ sie durch die Wohnungstür vorausgehen.

Auf dem Weg nach unten erzählte sie mir von Bea und den Kochkursen und den teilweise skurrilen Teilnehmern, die noch viele Tage später für Gesprächsstoff am Familientisch sorgten. Nichts deutete darauf hin, dass sie sich gerade eben noch so merkwürdig benommen hatte. Oder hatte ich mir das alles nur eingebildet?

Aber die Dinge, die ihren Rucksack gerade von innen ausbeulten, bewiesen das Gegenteil. Lina hatte zwar die Ausstrahlung eines Weihnachtsengels – aber ihr Verhalten war merkwürdig.

Warum hatte sie diesen komischen Kram dabei?

Wo ging sie hin?

Wir waren mittlerweile am Fuß der Treppe im Erdgeschoss angekommen.

»Gehst du auch zur U-Bahn?«, fragte ich, und sie nickte, leider ohne zu verraten, wo sie hinmusste. »Ich muss in die Schillerstraße«, sagte ich, um sie ein bisschen aus der Reserve zu locken. »Dort ist ein Geschäft, in dem ich mein Smartphone reparieren lassen kann.«

»Ja, die Straße kenn ich. Da können wir ein Stück zusammen fahren.«

Hm, verraten, wo genau sie hinwollte, wollte sie offenbar nicht. Hatte sie vielleicht ein geheimes Date? Aber mit Parmesanreibe und Kompass? Das Bild eines gutaussehenden, italienischen Pfadfinders schob sich in meinen Kopf, doch ich verwarf es sofort wieder, das war wirklich albern.

Nein, mein Gefühl sagte mir, dass es etwas ganz anderes war.

Etwas viel Spannenderes.

War sie vielleicht so ein Typ wie Pauline, die irgendwas erforschte? Oder, noch schlimmer, wie Tante Polly, und sie hatte ein paar schräge Experimente in irgendeinem supergeheimen Labor laufen?

Oder war sie vielleicht eine Geheimagentin?

Oder eine – Detektivin?

Aber welcher Detektiv brauchte Erdbeerquark, Kompass, Hubschrauber und Käsereibe?

Meine Neugier war nun einmal angestachelt. Und irgendetwas in mir wollte unbedingt herausfinden, was an Lina so besonders war.

Denn ich hatte den Eindruck, dass Lina ihr merkwürdiges Verhalten selbst aufgefallen war.

Und dass sie es daraufhin unbedingt vertuschen wollte.

5.

Als wir auf die Straße heraustraten, war es schon deutlich kühler als vorhin, und ich machte die Knöpfe meiner Jeansjacke zu.

»Ich bringe dich direkt zum Laden, der liegt ein bisschen versteckt, und ich habe noch kurz Zeit«, sagte sie nach einem Blick auf ihre Armbanduhr, und winkte jemandem zu, der im Erdgeschoss aus dem Fenster sah. Sofort wurden die Vorhänge zugezogen.

Ich hob fragend die Augenbrauen, aber Lina kicherte nur. »Neugierige Nachbarn.«

»Oh. Das kenne ich. Bei uns sind die Nachbarn neugierig und der ganze Rest unserer Kleinstadt auch.« (Was mich leider auch mit einschloss, aber das musste ich jetzt ja nicht sagen.) »Manchmal glaube ich, die Leute dort ernähren sich von Tratsch«, fuhr ich fort. »Da stelle ich mir manchmal das Leben in so einer anonymen Großstadt schon einfacher vor.«

»Ach, so anonym ist das gar nicht. Im Haus kennt jeder jeden, und auch sonst haben wir viel zu tun mit den Leuten in der Straße. Und seit Papa und Bea zusammen sind, hat sich die Zahl der Bekannten aus unserem Viertel hier gleich verdoppelt.«

»Wie klappt denn das Zusammenleben so als Großfamilie? Mit Bea und ihren Söhnen? Als, na ja … Patchworkfamilie?«

Früher war ich ja lange mit Mum allein gewesen. Solch eine Konstellation kannte ich nicht einmal aus einer Parallelwelt.

Lina allerdings zuckte nur mit den Schultern. »Es geht gut. Bea ist wirklich ein Schatz, weißt du? Ach, du hast sie ja selbst kennengelernt, hab ich vergessen. Natürlich ist sie nicht meine Mutter, und zum Glück tut sie auch nicht so, als wäre sie es, aber sie ist eine gute Ratgeberin. Ohne sich einzumischen, wenn man das nicht möchte. Sie hat das irgendwie ziemlich gut raus. Und kochen kann sie … zum Niederknien! Auch wenn sie für uns leider viel zu selten selbst etwas macht. Bei uns kocht fast immer mein Vater oder manchmal ich oder Therese vom Bistro um die Ecke. Oder Herr Nguyen vom vietnamesischen Restaurant gegenüber.« Sie deutete zu einem Lokal mit hübschen Bambuspflanzen neben der Tür und kleinen orangefarbenen Laternen.

Ich versuchte, mir ihr Leben vorzustellen, das so ganz anders war als meines, vor allem jetzt, seit Mum, Dad und ich wieder ganz die heile Familie waren. Lina und ich hatten ein völlig anderes Umfeld, und umso mehr staunte ich, wie wir innerhalb von zwei Minuten miteinander sprachen. Als ob wir alte Freundinnen seien. Oder Schwestern. So etwas hatte ich noch nie erlebt – ich lernte leicht Menschen kennen, aber meistens beschränkten sich die ersten Gespräche eher auf das Wetter oder die Schule oder Ähnliches. Ehrlich gesagt, hatte es sogar bei Pauline länger gedauert, bis es sich so angefühlt hatte.

Lina hatte etwas, was mir unglaublich vertraut war. Als hätten wir aus irgendeinem Grund die gleiche Basis.

Deswegen fühlte es sich ganz selbstverständlich an, sie nach den Zwillingen zu fragen.

»Und wie ist es so mit deinen Stiefbrüdern? Versteht ihr euch? Ich hab sie vorhin kurz gesehen.«

Dass sie *mich* dabei ein klitzekleines bisschen eingeschüchtert hatten, sagte ich natürlich nicht. Allein durch ihre Körpergröße, die waren echt riesig, größer noch als Konstantin. Aber Lina wiederum überragte mich auch einen halben Kopf, vielleicht relativierte sich das dann schon wieder für sie. Außerdem machte sie nicht den Eindruck, als ob sie sich schnell einschüchtern ließ.

Sie seufzte ganz leise und kickte einen Stein in den Rinnstein. »Die Zwillinge sind so ein Thema für sich. Sie waren ein Jahr in Kanada, wo sie ein Austauschschuljahr verbracht haben, und sind erst seit einer Woche zurück. Ich weiß nur, dass sie die ganze Zeit über ihren Jetlag stöhnen. Mit mir haben sie, seit sie zurück sind, keine zehn Sätze gesprochen – zusammen!« Sie hielt kurz inne. »Komisch, oder? Wir dagegen unterhalten uns, als ob wir uns schon ewig kennen würden. Kommt mir jedenfalls so vor.«

Ich musste lachten. »Genau das Gleiche ist mir vor nicht mal einer Minute durch den Kopf gegangen«, sagte ich.

Lina lotste mich über einen kleinen Platz, der in der Mitte einen hübschen Brunnen hatte und Beete mit Astern und hohen Gräsern. Auf meiner Verfolgungsjagd vorhin hatte ich den gar nicht bemerkt. Sie zupfte mit einer Hand ein paar Halme heraus, ehe sie antwortete. »Jedenfalls – Kommunikation ist wohl nicht die Stärke der Zwillinge.«

Hm, auf der Straße vorhin und im Treppenhaus haben die schon ganz schön viel geredet.

»Rennen euch die Mädels hier wegen den beiden nicht die Bude ein? Ich meine«, fügte ich hinzu und machte eine hilflose Handbewegung, »die sehen ja schon gut aus. Und auf Zwillinge stehen doch sowieso immer alle, an meiner Schule gibt es ein Jungspärchen, das müsstest du mal sehen. Die können sich kaum retten vor Verehrerinnen.«

Lina kicherte. »Bei uns kommen die Mädels nur wegen meinem Bruder Mats. Aber nicht wegen Vincent und Arthur. Ich bezweifle ehrlich gesagt, dass die beiden überhaupt schon wahrgenommen haben, dass es so was wie Mädchen überhaupt gibt.«

Also, wenn ich mich nicht ganz verhört hatte … hatten sich die beiden sehr wohl mit dem Thema beschäftigt.

»Ich bin vorhin ein Stück hinter den Zwillingen, äh, gelaufen, im Treppenhaus. Und habe dabei praktisch gezwungenermaßen gehört, wie sie sich unterhalten haben.«

Lina sah mich von der Seite an. »In ganzen Sätzen und ohne Grunzlaute? Kaum zu glauben.«

»Sie haben über ein Mädchen gesprochen. Hast du schon mal von einer Sophia gehört?«

Lina blieb stehen und drehte sich zu mir um. Ihre grauen Augen hatten angefangen, verräterisch zu funkeln. »Wirklich? Das wäre ja mal was ganz Neues! Sophia, nein, leider sagt mir das gar nichts. Aber super, dass du es mir erzählt hast. Da werde ich bei Gelegenheit mal ganz gründlich nachbohren. Hach, das wird prima! Wo sie sich doch lieber gegenseitig die Arme abhacken würden, als mir etwas Persönliches zu erzählen!« Fröhlich hängte sie sich bei mir ein und zog mich weiter.

»Das hört sich jetzt aber nicht so toll an.«

Sie zuckte mit den Schultern. »Ach, ich versuche einfach, das Beste daraus zu machen, ich –«

»Hey, Ladys!«, sagte da plötzlich jemand hinter uns, und Lina wirbelte herum. Und weil wir noch untergehakt waren, kam ich dabei so aus dem Gleichgewicht, dass ich für eine Sekunde an Linas Arm hing wie eine schlackernde Handtasche, ehe ich mich wieder fing.

Aus dem Café mit den hübschen Bänken kurz vor der U-Bahn war ein Junge getreten. Auch hübsch. Hellblonde, gestylte Haare, ein bisschen größer als Lina, und sein Lächeln war mindestens so einnehmend wie ihres.

»Ah. Wenn man vom Teufel spricht. Vicky, darf ich vorstellen – das ist mein Bruder Mats. Mats – Vicky. Ihre Eltern machen bei Bea den Kurs heute. Wir haben zufällig den gleichen Weg.«

»Ich bin Linas *großer* Bruder«, sagte er grinsend und schob die Hände in die Hosentaschen. Obwohl es mittlerweile echt kühl geworden ist, trug er nur Jeans und ein weißes T-Shirt. Aber er sah alles andere als fröstelnd aus, und so wie er strahlte, brauchte er wahrscheinlich sonst nichts zum Wärmen.

Lina verdrehte nur die Augen. »Tsss … eineinhalb Jahre sind praktisch kein Unterschied. Vor allem, wenn man bedenkt, dass Mädchen grundsätzlich – und vor allem in unserem Alter – viel weiter entwickelt sind als Jungs. Das ist wissenschaftlich bewiesen. Wir sind also quasi gleichauf. Mindestens.«

Ich biss mir auf die Unterlippe, um nicht laut loszulachen angesichts von Mats' ungläubigem Blick.

»Wann war ich, bitte schön, in letzter Zeit unreif und kindisch?«, fragte er.

»Lass mal überlegen«, sagte Lina und tippte mit dem Finger auf die Unterlippe. »Neulich bei unserem UNO-Turnier, als du Papa und mich beschuldigt hast, dass wir die Karten zinken, weil du dauernd verloren hast. Oder als wir bei Herrn Nguyen essen waren und du auf diesen ekligen Lutscher bestanden hast, den sonst nur Kleinkinder bekommen. Oder gestern, als du –«

»Schon gut, schon gut.« Mats fuhr sich durch die Haare. »Und, Vicky, was hast du denn noch vor? Soll *ich* dich vielleicht begleiten, wo immer du auch hinmusst? Meine Schwester scheint heute ziemlich garstig zu sein.« Sein Blick zu ihr verriet mir, dass die beiden immer solche Gespräche führten und er sie ganz und gar nicht für garstig hielt. In solchen Momenten fand ich es immer ein bisschen schade, dass ich keine Geschwister hatte. Auch wenn so ein großspuriger Bruder manchmal bestimmt anstrengend war.

»Mats, du lässt Vicky jetzt in Ruhe, ja? Sie ist keine deiner Verehrerinnen. Außerdem hat sie einen Freund.« Sie sah mich an. »Stimmt, doch, oder? Wie heißt der gleich noch?« Ihr wildes Zwinkern hätte sie sich sparen können, obwohl ich ihren Rettungsversuch sehr süß fand.

»Konstantin.«

Der glaubte, ich wäre schon längst beim Handyladen, und der wahrscheinlich in diesem Moment auf meinen Rückruf wartete. Ups.

Mats hatte sogar den Nerv, enttäuscht auszusehen. »Die Besten sind immer vergeben.«

Jetzt mussten Lina und ich gemeinsam mit den Augen rollen, und Lina fragte: »Wie wäre es denn eigentlich mit meiner Freundin Senta? Die ist richtig, richtig lieb und hat keinen Freund. Und auch nix dagegen, dass sich das bald ändert.«

»Welche ist denn Senta?«

»Die mit den dunklen, schulterlangen Haaren. Wobei, wahrscheinlich ist sie für dich sowieso viel zu nett.«

Mats zuckte mit den Schultern, und Lina sah grinsend auf ihre Uhr.

Aber ihr Lächeln verblasste sofort. »Wir müssen jetzt weiter. Bis später!«, sagte sie und zupfte an meiner Jacke, damit ich ihr folgte.

Mats rief uns noch hinterher: »Hast du etwa ein Date?«, doch Lina schüttelte den Kopf.

»Schön wär's«, murmelte sie, als wir die Treppen zur U-Bahn-Station hinuntergingen.

Während unserer Fahrt in der U-Bahn war Lina wieder still geworden und ihr Blick ähnlich verklärt wie vorhin, als sie sich angezogen und ihre Sachen gepackt hatte. Sie war abgelenkt, summte wieder irgendetwas vor sich hin, wippte mit dem Fuß und knibbelte nervös an den Riemchen ihres Rucksacks herum.

An meiner Haltestelle stieg Lina mit aus und brachte mich nach oben. Hier war es sehr viel lebhafter als in der Königinstraße, offensichtlich war das hier eher das Ausgehviertel, es waren jede Menge junge Leute unterwegs. Hier erkannte ich auch die üblichen Fastfood-Läden und Cafés und auf der gegenüberliegenden Straßenseite ein Kino.

»Eigentlich hätten wir auch mit der Tram fahren können, das mache ich sonst eigentlich lieber, aber das dauert länger. Schau, wenn man da vorne langgeht, kommt man direkt zum Rathaus, dort beginnt auch die Fußgängerzone. Aber wir müssen in die andere Richtung, wir sind gleich da, da vorne ist der Laden.«

»Bist du jetzt extra meinetwegen mitgefahren?«, fragte ich.

Sie schüttelte den Kopf. »Nein, das war gar kein Umweg. Ich hab es von hier nicht weit.«

Okay, Vicky – letzte Chance, wenn du etwas herausbekommen willst.

Ich atmete einmal tief durch.

»Wohin gehst du denn heute Abend? Keine Sorge, ich verrate auch niemandem etwas!«

Lina, die Seite an Seite mit mir den Gehweg entlangschlenderte, sah mich kurz an, ehe sie auf den Boden blickte.

»Das kann ich leider nicht sagen.«

Ihr Blick verriet allerdings, dass sie das sehr gerne *würde.* Hm. Vielleicht half ja noch ein wenig Nachbohren?

»Gut, aber … kommst du zurecht, was immer es ist? Oder brauchst du Hilfe? Oder Gesellschaft?«

Sie schüttelte schnell den Kopf. »Ich komme klar. Danke!«, sagte sie und versuchte, wieder ihr unbekümmertes Lächeln aufzusetzen.

So offen und nett und dabei so verschlossen wie eine Auster. Ich stieß einen resignierten Seufzer aus, als wir vor dem Handyladen ankamen.

Aber bevor ich noch etwas sagen konnte, kramte Lina plötzlich in ihrer Jackentasche herum und kritzelte mir schließlich ihre Handynummer auf einen Zettel.

»Es tut mir echt so leid, dass ich heute Abend keine Zeit mehr habe, aber ich muss jetzt los, wegen dieser … *Sache.* Wenn du mal wieder in der Stadt bist, melde dich, ja?« Sie gab mir das Papier in die Hand, und nach kurzem Zögern kam sie noch einen Schritt auf mich zu und umarmte mich fest.

So, als ob es ihr *wirklich* leidtat, mich nicht mitnehmen zu können.

Oder … als ob sie selbst für irgendetwas dringend Mut und Zuspruch brauchte.

Bei diesem Gedanken drückte ich sie vorsorglich gleich ein bisschen fester zurück.

Plötzlich war ich mir gar nicht so sicher, ob ich überhaupt in den Handyladen hineingehen sollte – oder ob ich nicht bei Lina bleiben wollte. Da war so etwas an ihr, das meine Beschützerinstinkte weckte, obwohl sie so selbstbewusst war und diese sonnige Ausstrahlung hatte.

Kam sie wirklich alleine zurecht – bei dem, was sie jetzt vorhatte? War es doch ein Date? Oder etwas ganz anderes? Für eine Nanosekunde zog ich in Erwägung, dass sie vielleicht so war wie ich – dass sie in Parallelwelten sprang und dort jede Menge abenteuerliche Dinge erlebte, über die sie mit niemandem reden konnte.

Das ergab nur leider gar keinen Sinn, denn dafür war das Letzte, was man brauchte, ein gepackter Rucksack voller skurriler Sachen. (Obwohl ich zum Beispiel das Gesicht meines

Parallel-Ichs Tori, die in meinem Leben ganz schön für Chaos gesorgt hatte, gerne sehen würde, wenn sie hier landete und in ihrer Tasche eine Parmesanreibe und einen Spielzeughubschrauber fand.)

Aber ehe ich sie fragen konnte, hatte Lina sich schon von mir losgemacht, sich umgedreht und war einen Moment später hinter der nächsten Straßenecke verschwunden.

Der Typ im Handyladen war alles andere als begeistert, als ich ihm meinen Namen nannte und mein kaputtes Gerät zeigte.

»Weißt du eigentlich, wie viel Uhr es ist? Halb sechs! Wir machen um sechs zu, du hättest früher da sein sollen!«

»Ich … äh … Wenn Sie wüssten, was mir auf dem Weg hierher alles passiert ist …« Sofort versuchte ich es wieder mit meiner Informationsfluttaktik, die ich vorhin schon mehr oder weniger erfolgreich bei den Zwillingen im Treppenhaus angewandt hatte.

Inklusive Armes-Mädchen-Blick, den ich eigentlich selbst überhaupt nicht mochte. Aber egal. Für ein funktionierendes Handy würde ich jedes Opfer bringen.

Und es klappte. Der Mann – ein gemütlicher griechischer Herr mit unaussprechlichem Namen auf dem Schild an seiner Brusttasche, stöhnte zwar über drei Oktaven, sah sich mein Gerät jedoch trotzdem an. Allerdings nicht, ohne seinen Widerwillen kundzutun.

»Aber reparieren kann ich es heute nicht mehr, ist viel zu spät. Wenn du früher da gewesen wärst, vielleicht, aber so … dauert das.«

Ich schluckte. »Und wie lange?«

»Heute ist Samstag. Nächste Woche Dienstag, oder eher Mittwoch.«

Mein Herz rutschte mir in die Hose. »Mittwoch???«

Er nickte großspurig. Scheinbar machte es ihm Spaß, mich zu quälen.

Aus einem Nebenraum kam ein zweiter Verkäufer – einer, der viel freundlicher aussah – und nickte mir zu. Na toll, immer musste ich an die Doofen geraten.

»War die Tochter von Kenneth King noch gar nicht da?«, fragte jetzt der Nette den Doofen und kramte in einem Karton herum, der hinter dem Verkaufstresen stand. Woraufhin der zerknirscht schaute.

»Hier liegt noch das Ersatzhandy, ich dachte, sie holt es ab.«

»Ich wollte es ihr gerade geben«, nuschelte der griesgrämige Grieche und warf mir einen bösen Blick zu, als sein Kollege gerade nicht hinsah.

Was hatte *der* denn für ein Problem?

Egal – ein Ersatzgerät!

Halleluja!

Letztendlich lief dann also doch noch alles gut für mich. Ich hatte zwar nicht mein eigenes Handy – das wollten sie mir zuschicken –, aber ich hatte ein anderes Smartphone mit meiner Karte und war ab sofort wieder erreichbar und online.

Kaum war ich raus aus dem Laden, wählte ich schon Konstantins Nummer. Und er hatte *wirklich* auf meinen Anruf gewartet.

»Soll ich dich beim Handyladen abholen?«, fragte er besorgt.

Das fand ich jetzt auch ein wenig übertrieben. Aber hier rumstehen und auf ihn warten, wollte ich auch nicht.

»Nein, alles gut«, sagte ich. »Ich komme direkt zum Rathaus, ja? Das ist offenbar nicht so weit von hier.«

Ich machte mich auf den Weg und war ehrlich stolz auf mich, dass ich mich nur dreimal verlief. Was natürlich dank meines Handys kein Problem war. Wenn man der Standortsuche glauben durfte, kam ich nur etwas Richtung Osten ab, das bedeutete einen Umweg von nicht mal einem Kilometer. Da hatte ich schon Schlimmeres erlebt.

Es war mittlerweile zwanzig nach sechs, es wurde langsam dunkel, und die Imbisse und Restaurants, an denen ich vorbeikam, begannen sich zu füllen. Essensgerüche zogen durch die Straße, und im Vergleich zur Königinstraße war hier wirklich sehr viel mehr los. Gott, ich bekam echt Hunger. Aber erst zum Rathaus.

Ich schaute noch einmal auf meine App, bog dann nach rechts in eine Seitenstraße ein, die mich, wenn ich das richtig interpretierte, wieder zurück zur U-Bahn führen würde. Doch ich landete erst einmal mitten in einer Menschenschlange, die sich vor einer Kneipe auf dem Bürgersteig gebildet hatte.

Neugierig reckte ich den Kopf. War das der neue In-Treff? Vielleicht konnte ich ja mit den anderen nachher zurückkommen, und wir gingen hier etwas essen?

Die Kneipe lag an der Straßenecke, und durch große Fensterscheiben rechts und links vom Eingang sah man, dass sie gesteckt voll war.

Musikalischer Talentwettbewerb – heute ab 17.30 Uhr, stand auf den Plakaten, die außen angebracht waren.

Von innen drang Lärm und Gelächter auf die Straße, und das Quietschen eines Mikrophons. Die Leute hatten scheinbar viel Spaß.

Ich beschloss, den anderen zumindest den Vorschlag zu machen hierherzukommen. Solche Wettbewerbe fand ich lustig. Ich wollte gerade am letzten Fenster vorbeigehen, durch das man in die Kneipe sehen konnte, als ich abrupt stehen blieb.

Da war etwas, das ich kannte.

Nein, nicht etwas.

Jemand.

Und zwar nicht auf der Bühne, die im Hintergrund zu sehen war und auf die gerade ein kleiner, rundlicher Typ gestiegen war, sondern direkt hier.

An dem Tisch, der innen vor der Scheibe stand.

Diese langen, hellblonden Haare waren unverkennbar, ebenso wie der rote Faltenrock und der Rucksack, der unter einem der Stühle lag.

Es war Lina!

Und sie war gerade aufgestanden und stand mit dem Rücken zum Fenster.

Vielleicht hatte sie doch ein Date, und sie suchte jemanden?

Oder wollte sie einfach nur besser sehen?

Der Typ auf der Bühne schien etwas Witziges zu machen, denn das Lachen der Leute hörte man bis hierher. Musik konnte ich allerdings nicht hören. Sang er? Oder spielte er ein Instrument? Schwer zu sagen, ich konnte von hier aus nichts erkennen.

Nach den Lachern folgten vereinzelt Pfiffe, und ich hoffte für den Mann, dass die nicht ihm galten.

Lina stand immer noch neben dem Tisch. Ich wollte gerade zurückgehen und an die Scheibe klopfen, als sie plötzlich anfing zu tanzen. Oder zumindest sah es so aus: Sie hüpfte, drehte sich, klatschte in die Hände – und blickte währenddessen die ganze Zeit zur Bühne.

Vielleicht sang er ja wirklich, und sie hatte nur eine sehr komische Art mitzutanzen?

Da, noch mehr Lacher. Und jetzt war zumindest ein Schlagzeug oder so was Ähnliches zu hören. Vielleicht streikte bei dem Typen einfach nur die Technik.

Plötzlich kletterte Lina auf ihren Stuhl.

Und vom Stuhl auf den Tisch.

Jetzt stand sie über allen anderen da oben – und fing wieder an, sich so komisch zu bewegen. Ein paar Leute waren auf sie aufmerksam geworden und starrten sie an, eine Frau stieß sogar ihre Begleitung an und zeigte mit dem Finger auf sie.

Was zum –

Ich würde jetzt da reingehen und sie einfach fragen. Das würde mich sonst nie loslassen.

Doch ehe ich herausfinden konnte, was sich in der Kneipe gerade abspielte, wurde ich aus meiner Welt gerissen.

Ja, richtig geraten.

Vom Zimtschneckengeruch.

6.

Ich landete dort, wo ich gerade am allerwenigsten hinwollte: mitten in der Schwimmhalle, beim Wettkampf, direkt neben den Startblöcken. Im Badeanzug, mit Badekappe auf dem Kopf, Schwimmbrille, Handtuch und Trinkflasche in der Hand. Wie es der Teufel wollte, deuteten alle Zeichen darauf hin, dass ich noch einmal ins Wasser musste.

Jetzt.

Das war ja so was von klar.

Lina und ihr komisches Benehmen waren sofort vergessen, und nicht zum ersten Mal verwünschte ich an diesem Tag mein Dasein als armes, weltenspringendes Mädchen. Wahrscheinlich würde noch nicht mal mehr Pauline mit mir tauschen wollen, wenn ich ihr von diesem Tag erzählte – nicht, dass das überhaupt zur Debatte stand.

Obwohl es mittlerweile nach halb sieben war und sich der Himmel draußen schon glutrot gefärbt hatte, war es im Schwimmbad noch gerammelt voll, heiß und tierisch laut. Auf der Tribüne und auch neben dem großen Becken wimmelte es von Menschen, hauptsächlich in farbenfrohen Vereinsklamotten. Kaum einer hatte noch Badekleidung an – die waren alle schon durch, hatten die ein Glück!

Ich fand mich in einem sehr, sehr erschöpften Körper von Parallel-Vicky wieder. Schwere Arme und Beine und diese allgemeine, bleierne Müdigkeit, die einen überkommt, wenn man den ganzen Tag unter Anspannung ist, Leistung bringen muss, beim Schwimmen alles gibt und dazwischen die meiste Zeit in einer überheizten Schwimmhalle hockt. Die andere Vicky musste seit heute Nachmittag alles aus sich herausgeholt haben – vier Wettkämpfe, wenn jetzt noch einer anstand. Neben mir standen drei Mädchen, ebenfalls alle schwimmbereit, dazu vier Jungs in Shorts und T-Shirt, die offenbar hier herumstanden, um uns Glück zu wünschen.

Der einzige Vorteil bei diesem Wettkampf war, dass ich wenigstens wusste, was geschwommen wurde. Denn dadurch, dass wir zu viert waren, war klar, dass wir eine Staffel schwimmen würden. Und das große *D*, das jemand mit schwarzem Filzstift auf meinen Oberarm geschrieben hatte, bedeutete, dass ich als letzte Schwimmerin an den Start gehen würde. Und egal, ob das hier die Freistil- oder die Lagenstaffel war – ich würde in jedem Fall kraulen müssen. Das war meine Lieblingsdisziplin zu Hause, und ich war gut darin.

Hoffentlich annähernd so gut wie diese Vicky hier.

»Also, macht sie fertig!«, sagte jetzt ein großer Dunkelhaariger, und die Mädchen murmelten irgendwas, kicherten und klatschten sich ab, ehe sie sich auf den Weg zu unserem Block machten.

Doch als ich ihnen hinterhergehen wollte, hielt einer der Jungs mich fest. Er hatte strahlend blaue Augen, dunkelblonde Haare und ein nettes Lächeln. Irgendwie kam er mir bekannt vor, doch mit meinem chlorvernebelten und parallelsprunggebeutelten Hirn konnte ich kaum einen klaren Gedanken fassen.

Außerdem musste ich mich ja leider auf das Rennen konzentrieren, und ich wollte mich gerade mit einem entschuldigenden Lächeln von ihm losmachen, als er sich nach vorne beugte und mir einen Kuss auf die Wange drückte.

»Viel Glück«, murmelte er mir ins Ohr, ehe er sich zurückzog und die Hände in seinen Shorts versenkte.

Stumm vor Überraschung nickte ich nur, drehte mich um und ging zu meinen Teamkolleginnen.

Aber mit der düsteren Vorahnung und dem flauen Gefühl in meinen Eingeweiden, das mir die Begegnung mit diesem Jungen beschert hatte, durfte ich mich jetzt nicht befassen.

Denn die Uhr tickte, und eine meiner Mannschaftskolleginnen war bereits im Wasser und bereitete sich auf den Rückenstart vor, während die anderen Lockerungsübungen machten und wichtig guckten.

Aha, es wurde also die Lagenstaffel geschwommen. Die Erste von uns musste rückenschwimmen, die zweite schwamm Schmetterling, die dritte Brust, und ich würde mit Kraulen den Abschluss machen. Ich konnte nur für uns alle hoffen, dass die drei anderen richtig schnell sein würden.

Dann fiel der Startschuss, und das ohnehin schon laute Stimmengewirr in der Halle wurde schlagartig ohrenbetäubend.

Die Zuschauer brüllten sich die Seele aus dem Leib, um die Schwimmer ihrer Mannschaft anzufeuern. Aus eigener Erfahrung wusste ich, dass Staffelwettkämpfe immer ein Highlight waren, sogar bei unseren Schulveranstaltungen

»Da geht's allein schon um die Ehre«, würde Konstantin jetzt vermutlich sagen, aber im Gegensatz zu mir mochte er Wettkämpfe. Wahrscheinlich würde ihm das alles hier noch nicht mal was ausmachen.

Mir allerdings machte es etwas aus.

Unsere erste Schwimmerin war am gegenüberliegenden Beckenrand angekommen und absolvierte ihre Wende. Sie lag super in der Zeit, nur das Mädchen auf der Bahn rechts von ihr war etwas schneller.

Das nächste Mädchen meiner Mannschaft stieg auf den Startblock und machte sich bereit.

»Gib alles, Caro!«, sagte die mit dem *C* auf dem Oberarm, und Caro nickte.

Dann der Wechsel, der nicht ganz perfekt klappte, aber Caro verlor nicht viel Zeit. Doch schon vor den ersten fünfzig Metern zeichnete sich ab, dass mindestens zwei Mädels schneller sein würden.

Mist.

Ich hüpfte vor Nervosität und um meinen Körper warm zu halten auf und ab und prüfte den Sitz meiner Badekappe.

Bitte, bitte, bitte. Caro sollte jetzt bitte mal Gas geben. Stattdessen verlor sie gefährlich Meter um Meter gegenüber den anderen. Als sie sich allerdings nach dem Anschlag und Wechsel mit der Brustschwimmerin aus dem Wasser wuchtete, war sie offenbar zufrieden mit ihrer Leistung. Sie machte großes Getöse beim Abklatschen mit unseren anderen Mannschaftskollegen, die sich in den Bereich hinter unserem Startblock geschoben hatten.

»Hey, ich war gut, oder?«

»Super, echt toll!«, sagte irgendwer, aber ich hörte nur mit halbem Ohr zu, denn ich musste mich fertig machen und Schwimmerin *C* im Auge behalten, die schon auf dem Weg zurück war. Sie schlug sich wacker, aber leider waren die anderen Mannschaften im Brustschwimmen offenbar viel stärker. Sie startete auf Platz fünf, aber an der Wende war es leider nur Platz sechs.

Noch einmal tief ein- und ausatmen.

Denn gleich ging es für mich los.

Und zwar – jetzt!

Der Wechsel klappte super, und ich kam ganz prima in meinen Kraulrhythmus. Dafür, dass dieser Körper heute schon zum fünften Mal ranmusste, war er topfit. Zusammen mit dem Adrenalin trug er mich durch das Wasser bis zur Wende. Die gelang diesmal perfekt, und ich konzentrierte mich weiter.

Schneller, noch schneller.

Ich gab alles für mein anderes Ich, mobilisierte die letzten Kräfte, die jetzt wirklich schwanden.

Aber ich gab nicht auf, gleich hatte ich es geschafft.

Armschlag, Beinschlag, Luftholen.

Noch mal.

Und noch mal.

Und – Anschlag.

Sofort sah ich mich um. Einer nach dem anderen schlug nach mir an.

Ich hatte fast alle meiner Gegnerinnen hinter mir gelassen.

»Platz zwei«, sagte jetzt jemand vom Beckenrand aus zu mir, und mit einem Jubelschrei reckte ich die Faust siegesfroh nach oben.

Vier Plätze hatte ich gutgemacht, wir waren Zweite!!!

Ich zog mich aus dem Wasser und strahlte meine Mitschwimmerinnen an. Vorhin hatten sie sich abgeklatscht – wenn sie das schon beim Anfeuern machen, dann doch sicher auch, wenn sie praktisch gewonnen hatten, oder?

Euphorisch hob ich die Hand und rief: »Hey, Platz zwei, kommt, schlagt ein!«

Aber die drei sahen mich nur mit zusammengekniffenen Augen an. *C* schüttelte sogar genervt den Kopf.

»Was habt ihr denn? Wir lagen auf sechs, ich hab vier Plätze gutgemacht!«

Doch niemand hob auch nur eine müde Hand, und ich ließ meine langsam sinken.

Was sollte *das* denn, bitte?

In meiner Verwirrung – und maßlosen Enttäuschung – hatte ich nicht gemerkt, dass sich von rechts der Feind angepirscht hatte. In Form des schnauzbärtigen Bohlen-Klons. Mist, den hatte ich ja total vergessen.

Ich tat so, als müsste ich mich plötzlich ganz dringend abtrocknen – vorzugsweise im Gesicht, damit ich ihn nicht ansehen musste –, aber das war dem total egal.

»Victoria, das hättest du mit links gewinnen können. Hast du mit Absicht den Lauf boykottiert, oder was sollte das eben?«

Boykottiert? *Ich?*

»Ich dachte, du wärst besser. Fairer. Aber vielleicht haben wir uns da alle geirrt«, murmelte er und ließ mich mit einem letzten missbilligenden Blick stehen.

Plötzlich hatte ich einen dicken Kloß im Hals.

Ich hatte also in seinen Augen versagt – obwohl ich mich so sehr angestrengt hatte!

Mein anderes Ich hätte das Rennen offenbar gewonnen, und ich hatte ihm durch unseren Tausch heute unfreiwillig jede Menge Ärger eingehandelt. Und vermutlich superwichtige Punkte bei der Gesamtwertung in dieser Saison.

Am liebsten wäre ich in Tränen ausgebrochen.

Aber Leistungssport war wohl tatsächlich eine Kopfsache. Wenn die mentale Einstellung nicht da war, konnte man offenbar nicht alles aus sich herausholen. Der Körper von Parallel-Vicky musste gespürt haben, dass in seinem Oberstübchen gerade etwas anders war als sonst. Dass da jemand drinsteckte, dem am Gewinnen genau so viel lag wie an dem fiesen Fußpilz vom Plakat vorhin in den Damenduschen.

Dabei hatte ich *wirklich* alles gegeben, ich hatte schon die Befürchtung gehabt, dass mir Arme und Beine abfallen würden, ehe ich überhaupt wieder zum Anschlag kam, so verausgabt hatte ich mich. Außerdem, Platz zwei … *hallo*? Das war immerhin ein Platz auf dem Treppchen. Die Silbermedaille. Die zweitbeste Mannschaft. Die –

»Der Zweite ist der erste Verlierer, das weiß doch jeder!«, sagte da Caro zu *A*, während sie hocherhobenen Hauptes an mir vorbeistolzierten, um ihre Sachen zu holen.

Was war denn das, bitte, für eine bescheuerte Einstellung?

Leider wusste ich nicht, wie Parallel-Vicky auf solche Aussagen reagieren würde. Würde sie die blöden Kühe zurechtweisen? Sich verteidigen? Oder sich – Gott bewahre – dafür entschuldigen, dass sie nicht den Rückstand der anderen aufgeholt hatte und den ersten Platz für die Mannschaft gerettet hatte? Oder wäre sie erst gar nicht in diese Lage gekommen, weil sie sowieso immer alles und überall gewann?

Ja, höchstwahrscheinlich hätte Parallel-Vicky das Ergebnis noch komplett herumgerissen. Aber ich war nun mal eine andere Vicky, die diesen Körper einfach nicht richtig bedienen konnte. Die fast ohnmächtig war vor Erschöpfung, saumüde, Hunger hatte und einfach nur nach Hause wollte.

Ich kämpfte mich durch die vielen Zuschauer, um meine Tasche von der Tribüne zu holen. Ich wollte heim, jetzt sofort. Wo waren bloß die Zimtschnecken, verflixt nochmal?

Meine Sachen lagen noch genau da, wo ich sie vorhin hinterlassen hatte. Von den Jonas-Brothers war allerdings nur noch einer übrig – wahrscheinlich hatte der das kürzeste Los gezogen und war dazu verdonnert worden, hier oben zu sitzen, bis wirklich der Allerletzte sein Zeug geholt hatte.

Während ich mich nach meiner Tasche bückte, bildete sich vor meinem inneren Auge das Bild meiner Teamkameradinnen, die sich zusammengerottet hatten, um mich aus Wut über mein Versagen zu meucheln. Wie sie mich von der Tribüne nach unten in die Halle schubsten und es wie ein schreckliches Unglück aussehen lassen würden.

In meinem wirren, unterzuckerten und übersäuerten Hirn überlegte ich mir, was dann wohl passieren würde. Würde ich im Falle meines … äh … Ablebens sofort in meinen eigenen Körper zurückspringen? Oder wäre ich in diesem hier gefangen, der zerschmettert auf den Fliesen unten liegen würde? O Gott, mir kamen schon die Tränen, wenn ich nur daran dachte.

Ich war so ein armes, armes Ding.

»Hey, Vicky, alles klar? Das war doch gerade wirklich nicht so schlimm, wie alle tun«, sagte jetzt jemand genau in dem Moment, als ich meine Beerdigung im Geiste durchging. (Ich würde ganz viele rosa Gerbera auf dem Sarg haben und Gänseblümchen. Und Musik von James Blunt, kein Auge sollte trocken bleiben.)

Erschrocken zuckte ich zusammen und taumelte zur Seite, so dass der Junge, der mich eben angesprochen hatte, mich am Arm packte. Es war der von vorhin, der mich auf die Wange geküsst hatte.

»Die anderen waren viel schlechter, die sollen sich alle mal nicht so aufregen«, fügte er mit ernster Miene hinzu und sah mich erwartungsvoll an.

Ich schluckte. »Findest du?«

Er nickte. »Absolut. Du bist super geschwommen, ehrlich.«

Obwohl ich mich über diese aufmunternden Worte freute, dachte er leider nicht daran, mich loszulassen. Außerdem malte er mit seinem Daumen Kreise oder so was auf meinen Oberarm, was mir etwas unangenehm war.

Ich versuchte, mich unauffällig aus seinem Griff zu befreien. »Ich ... äh ... hab mich noch nicht abgetrocknet, ich mach dich noch ganz nass.«

Er zog eine Augenbraue hoch. »Und seit wann würde mich das stören?«

Urgs.

Und dann zog er mich noch ein Stück zu sich heran, bis sich unsere Fußspitzen beinahe berührten.

Das hier war irgendwie nicht gut.

Gar nicht gut.

Und plötzlich fiel es mir wie Schuppen von den Augen. Ich wusste, woher ich diesen Jungen kannte.

Und hätte mich dann am liebsten selbst die Tribüne hinuntergestürzt, gerne direkt in die Arme meiner drei liebenswerten Teamkameradinnen.

Vor mir stand der Junge, mit dem ich meinen ersten Kuss erlebt hatte. Also, in *meiner* Welt, da war ich gerade vierzehn geworden. Wir waren damals mit unserer Schulschwimmmannschaft unterwegs bei den Schulmeisterschaften, und da stand er abends nach dem Wettkampf irgendwann vor mir. Und ganz ehrlich, das war damals wie im Film – wir haben gar nicht viel geredet, sondern uns direkt geküsst. Im schummrigen Gang vor den Umkleiden. Einfach so.

Danach haben wir uns verabschiedet und nie wiedergesehen, aber Pauline schimpft heute noch mit mir, wenn sie an die Geschichte denkt. Sie wirft mir vor, mich leichtfertig mit einem Fremden eingelassen zu haben. (Der ja auch ein Axtmörder hätte sein können, der sich als gutaussehender Schüler einer Schwimmmannschaft getarnt hatte.)

Und jetzt stand der Axtmörder vor mir. Und lächelte mich an, mit schönen, geraden Zähnen und winzigen Grübchen in den Wangen. Er hatte mir damals seinen Namen gesagt, ehe wir uns nach der anonymen Knutscherei verabschiedet hatten, wie war der gleich …

»Komm, ich trage dir deine Tasche runter, damit du dich schnell fertig machen kannst. Der Coach hat eben gesagt, dass er keine Sekunde länger hierbleiben will als nötig. Wahrscheinlich sitzt er schon im Bus.«

»Danke –«

Ach, herrje, wie hieß er noch schnell? Max? Manuel? Moritz? »Bedank dich nachher bei mir«, raunte M. mir zu (ich war mir ziemlich sicher, dass sein Name mit M begann), ehe er meine Tasche schulterte und mir mit einem galanten Handwedeln zu verstehen gab, dass er mir folgen würde.

Meine nächste Frage schrieb ich im Nachhinein meinem komplett ausgelaugten und chlorvernebelten Hirn zu.

»Und … äh … wie soll ich mich nachher bei dir bedanken?«

Jetzt grinste M. wölfisch bis zu den Ohren. »Das verrate ich dir im Bus.«

Und zwinkerte.

Und während wir nach unten in Richtung Umkleiden gingen, überlegte ich, ob ich mich auf der Heimfahrt nicht doch lieber neben den fiesen Trainer setzen sollte. Vielleicht war das am Ende sogar die bessere Alternative zu diesem Jungen hier, der so zutraulich wurde.

Unten angekommen, nahm ich ihm mit einem angestrengten Lächeln meine Tasche ab und winkte ihm kurz unbeholfen zu, ehe ich in den Damenduschen verschwand.

Puh, das war erst mal geschafft. Vielleicht hatte ich ja Glück, sprang gleich zurück und würde deshalb die Heimfahrt im Bus nachher gar nicht mehr erleben müssen?

Doch leider tat ich das natürlich nicht. Zumindest duschen musste ich mich hier noch. Weil unser Wettkampf der letzte gewesen war und die meisten anderen Teilnehmer schon draußen oder auf dem Weg nach Hause waren, erwischte ich wenigstens noch eine freie Dusche.

Dachte ich. Bis ich direkt auf meine Mitstreiterinnen aus der Staffel eben traf. Beim Anblick der drei Mädchen, die demonstrativ in der anderen Ecke zusammengedrängt standen, musste ich an den Dokumentarfilm denken, den Mum neulich laufen hatte, während sie im Wohnzimmer die Vitrinenschränke entrümpelte. Darin ging es um Stachelrochen: hochgefährliche Fische, die super schwimmen konnten – und an ihrem Schwanz einen Giftstachel hatten, mit dem sie sogar Menschen ins Jenseits befördern konnten.

Diese drei hier schienen genau das im Sinn zu haben: einen grausigen Gifttod für mich. (Jetzt, wo ich nicht mehr auf der Tribüne stand, von der sie mich schubsen konnten.)

»Warum du immer so tust, als ob du die Beste von uns wärst, weiß ich echt nicht«, sagte Caro wie zur Bestätigung, und *A* und *C* nickten, während sie sich unter den Wasserstrahl stellten und Shampoo in die Haare massierten.

Obwohl mich das, was sie sagten, verletzte, stellte ich mich ebenfalls unter die Dusche. Denn so gerne ich mich einfach verziehen und verkriechen würde, musste ich doch in ihrer Nähe bleiben, wenn ich Parallel-Vickys Körper hier wegschaffen wollte. Ich würde niemals alleine zum Bus des Vereins, geschweige denn nach Hause finden.

Also versuchte ich, möglichst alles genau so zu machen wie die drei Stachelrochen.

Duschgel verteilen.

Haare waschen.

Genervt gucken.

»Inwiefern tu ich denn so?«, fragte ich dann doch entgegen jeder Vernunft, um eventuell einen Hinweis auf Parallel-Vickys Verhalten zu bekommen. Ich konnte mir gar nicht vorstellen, dass mein anderes Ich fies war oder angeberisch. Denn dann musste sie vom Charakter her so ziemlich das Gegenteil von mir sein. Ich konnte Konflikte nicht ausstehen und versuchte eher, es jedem recht zu machen. Hatten wir eine so unterschiedliche Erziehung genossen, dass wir derart verschieden waren?

Oder stimmte das alles gar nicht, und die anderen waren wirklich nur neidisch?

»Von wegen Goldfisch. Silberfisch passt da wohl eher.«

»Iiih, ja, das passt. Die sind genauso eklig wie du.«

Wut kochte in mir hoch.

Ich kniff die Augen zusammen und schätzte die Entfernung zu Giftspritze C. Und bedauerte, dass meine kleine Shampooflasche selbst im Falle eines perfekten Wurfs keine gebrochene Nase hinterlassen würde oder wenigstens ein schönes Veilchen.

Und sie hörten einfach nicht auf.

»Wegen dir haben wir jetzt diese dämlichen Silbermedaillen gewonnen. Die versauen uns den ganzen Schnitt. Die mag ich ja zu Hause gar nicht zeigen!«, sagte Caro und drehte den Wasserhahn zu.

»Dann lässt du es eben bleiben!«, schoss ich zurück. *Blöde Kuh.*

Die drei Mädchen hatten sich fast synchron ihre Handtücher

übergeworfen, ihre Taschen geschnappt und rauschten jetzt nach draußen zu den Umkleiden.

Eilig machte ich es ihnen nach, damit ich den Anschluss nicht verlor, obwohl ich wünschte, ich hätte eine andere Wahl.

Ich hasste jede Sekunde in dieser Parallelwelt. Meine viel zu kurzen Haare rubbelte ich extra nicht trocken. So konnte jeder meine Tränen für herabgelaufenes Duschwasser halten. Wenn die anderen mitbekamen, dass ich komplett am Boden war, würden sie das wahrscheinlich noch mehr ausnutzen.

Und ein bisschen musste ich Vickys Würde wahren, egal, wie schwer es mir fiel.

Die Mädchen waren in einer Sammelumkleide verschwunden, doch als ich ihnen folgen wollte, schlug *A* mir die Tür vor der Nase zu.

»Hier drin ist leider kein Platz mehr.«

Kein Platz mehr für dich, hatte sie offensichtlich sagen wollen.

Zutiefst beschämt und gleichzeitig glühend vor Wut ging ich in eine Einzelkabine – eine, die in der Nähe lag, von der aus ich im Blick hatte, wenn die anderen nach draußen gingen.

Mit zittrigen Fingern trocknete ich mich ab und zog die Sachen an, die mein anderes Ich in der Tasche hatte: Jogginghose, T-Shirt, Kapuzenjacke, dünne Turnschuhe. Alles in den Vereinsfarben. Ich musste aussehen wie ein wandelndes Werbemännchen für den Schwimmverein. Der türkisblaue Schwimmschlumpf.

Ob das Absicht war? Oder hatte sie vielleicht heute Morgen in der Eile keine neutralen Sachen gefunden? Klar sah der Verein es gerne, dass man gerade auf Veranstaltungen die Sachen trug, aber T-Shirt und Tasche waren mehr als genug. Außerdem passte mir diese Hose gar nicht richtig, sie schlackerte an mir herum wie Omas Haremshose, die sie neulich angeschleppt hatte.

Da, jetzt kam jemand aus der Sammelumkleide. Unverkennbar meine *Freundinnen*, denn sie meckerten immer noch über »Vicky, die lahme Ente«.

Und zwar so laut, dass ich es hören musste.

Ich war mittlerweile auch fertig angezogen und hatte in der engen Kabine die Tasche geschultert. Und wollte nur noch weg. Hoffentlich fand ich im Bus einen Platz, wo ich meine Ruhe hatte.

Ich wartete, bis die Stimmen der drei etwas leiser wurden, dann schlüpfte ich aus meinem Versteck und machte mich auf den Weg zum Ausgang. Da vorne liefen sie, also hinterher. Wie sie Vicky wohl behandelten, wenn sie für sie gewann? Sagten sie dann danke? Oder einfach gar nichts?

»Vicky, warte!«, ertönte es hinter mir, als ich gerade die Damenumkleide verlassen hatte.

O nein. Den hatte ich in meinem Elend ja schon fast vergessen. Der anhängliche Junge war plötzlich wieder neben mir. In normalen Klamotten und gekämmten Haaren sah er ähnlich sympathisch aus wie vorhin. Trotzdem musste ich sofort wieder an den Kuss denken, damals, in unserer Welt, und mein Schädel begann zu glühen. Hoffentlich meinte er, dass das an der stickigen Wärme des Schwimmbads lag.

»Komm, ab nach Hause. Zum Glück ist es heute mal nicht so weit, nicht so wie letztes Wochenende in Prag. Hab am Montag kaum die Augen aufbekommen, weil wir erst so spät wieder zu Hause waren.«

O Gott, Prag. Da hatte ich ja wirklich Glück, dass ich wenigstens bei einem Wettkampf in Deutschland gelandet war.

Oder?

Plötzlich nahm er meine Hand in seine. Vielleicht wollte er mir ja nur Mut machen wegen der blöden Rochen, aber ich hatte damit nicht gerechnet. Erschrocken zuckte ich zurück, und dabei rutschte mir meine Sporttasche von der Schulter, so dass ich ihn loslassen musste. Durfte.

Ich lächelte ihm entschuldigend zu, hielt aber meine Tasche von da an mit beiden Händen fest.

Liebes Universum. Lass mich zurückspringen.

Bitte, bitte.

Unser Bus stand schon vor dem Haupteingang des Schwimmbads bereit, und ich steuerte direkt auf die geöffnete Tür zu. Ich hielt mich nicht damit auf, die Umgebung genauer anzusehen, denn es hatte ja ohnehin keinen Zweck. Ich war hier bis zu meinem Rücksprung gefangen. Und es hätte nicht das Geringste daran geändert, wenn ich gewusst hätte, in welchem Ort ich war.

Der Busfahrer startete den Motor, und wir betraten als Letzte vor dem Trainer den Bus.

Und ich hoffte, dass der uns ganz, ganz schnell zu Parallel-Vickys Zuhause brachte, wo immer das war.

Und wo ich mich verkriechen würde, bis dieser elende Weltentausch endlich vorbei war.

7.

Ich kämpfte mich den schmalen Gang entlang, M. hinter mir her. Mit Verkriechen war hier erst mal nichts – der Bus war rappelvoll, und wir mussten fast bis ganz nach hinten durchgehen, um freie Plätze zu finden.

Ich versuchte, nicht auf die vorwurfsvollen Blicke der anderen zu achten. Sollten die doch denken, was sie wollten. Ich war fertig mit der Welt, mit allen Welten. Und mit dieser ganz besonders.

Vor einer freien Reihe tippte mein Begleiter mir auf die Schulter und bedeutete mir, ans Fenster zu rutschen. Müde ließ ich mich auf den Sitz fallen, ehe er sich neben mir niederließ. Sofort nahm er wieder meine Hand, wie vorhin auf dem Weg nach draußen, und verschränkte seine Finger mit meinen. Doch ich versteifte mich und rutschte unauffällig ein Stückchen näher zur Fensterscheibe zu meiner Linken.

»Geht's dir gut? Magst du was essen? Ich glaube, ich habe noch ein paar Waffeln irgendwo«, sagte er und sah mich abwartend an.

Mir war zwar nicht unbedingt nach Essen, aber ich nickte trotzdem. Ich brauchte Ablenkung, und zwar ganz dringend. Und vielleicht würde das flaue Gefühl in meinem Magen dann auch etwas besser werden.

Wie erwartet ließ er mich los, um in seiner Tasche zu wühlen. Schnell setzte ich mich auf meine Hände, damit er sie nicht wieder nehmen konnte. Herrje, das war so kindisch und schrecklich, aber irgendwie ertrug ich es nicht, eine andere Hand zu halten als die von Konstantin. Auch wenn eigentlich nichts dabei war, weil ich hier nur meine Rolle spielte.

»Hier.« Er hielt mir eine Kekspackung hin, und ich griff dankbar hinein. Doch als ich mir das erste Teilchen in den Mund schob, legte er seinen Arm um meine Schulter und versuchte, mich zu sich zu ziehen.

Und da setzte es plötzlich bei mir aus.

Im Nachhinein das Blödeste, was ich tun konnte, ich weiß. Aber irgendwie brannten mir in diesem Moment die Sicherungen durch, weil ich so heillos überfordert und gleichzeitig so erschöpft war.

Panisch rutschte ich von ihm weg und drückte mich mit dem Rücken an die Scheibe, als ob er wirklich der Axtmörder war und nicht einfach ein netter Junge, der Parallel-Vicky nach diesem harten Tag trösten wollte.

Und er nahm es, wie zu erwarten, nicht besonders gut auf.

»Vicky, sag mir sofort, was los ist! Magst du mich plötzlich nicht mehr? Hör mal, dass du einen schlechten Tag hast, kann ja sein, und ich bin der Erste, der das versteht, ehrlich.« Er schluckte, ehe er weitersprach. »Aber wir sind immerhin schon ein halbes Jahr zusammen. Tu bitte jetzt nicht so, als ob wir uns nicht kennen würden. Alle hier wissen, dass zwischen uns was läuft, und niemanden stört es.« Er hatte sehr leise geredet, damit die anderen uns nicht hörten, aber trotzdem war klar, dass ich ihn sehr gekränkt hatte.

Für einen kurzen Moment musste ich die Augen schließen.

Denn nun war tatsächlich das eingetreten, wovor ich mich seit Monaten schon fürchtete, was ich bisher allerdings prima verdrängt hatte: Das Leben meines Parallel-Ichs lief ganz anders als zu Hause. Ganz, ganz anders. Diese Vicky hier lebte in einem Universum, das von meinem meilenweit entfernt war. Parallel-Vicky hatte einen komplett anderen Freundeskreis, betrieb Leistungssport und würde vielleicht sogar mal bei den Olympischen Spielen oder so schwimmen.

Und sie hatte diesen Jungen als Freund.

Doch obwohl es mir superschwer fiel und ich am liebsten nur noch schreiend weglaufen wollte, wusste ich auch, dass ich ihr das hier nicht vermasseln durfte. Sie hatte sich in ihn verliebt, und er sich in sie. Nur weil ich für einen kurzen Augenblick in ihren Körper geschlüpft war, durfte ich ihr Leben nicht durcheinanderbringen, nichts unwiderruflich kaputtmachen. So verantwortungslos wollte ich nicht sein, sie konnte schließlich nichts dafür.

»Tut mir leid«, flüsterte ich, und das tat es wirklich. Und obwohl ich es überhaupt nicht wollte, rollte eine Träne über meine Wange.

Ich war so, so erschöpft. Mir tat diese Vicky hier plötzlich leid, obwohl sie sich ihr Leben, ihre Freunde und ihren Sport ja selbst ausgesucht hatte. Und vermutlich glücklich damit war.

»Hey, nicht weinen«, murmelte er jetzt und nahm mein Gesicht in seine Hände. Sie waren warm und trocken und ganz sanft, und trotzdem hörte meine Unterlippe einfach nicht auf zu zittern.

Weil er nicht Konstantin war.

Die andere Vicky war vielleicht in ihn verliebt, aber für mich war er ein Fremder, und ich bekam schon wieder Panik und wusste nicht, was ich tun sollte. Ich wollte nicht geküsst werden, auf gar keinen Fall! Und ich vermisste meinen eigenen Freund so sehr, dass ich kurz davor war, komplett zusammenzubrechen.

Mit letzter Kraft wischte ich meine Tränen weg und brachte so ruhig wie möglich hervor: »Hör mal … ich … müsste mal kurz meine Mum anrufen, ja? Könntest du, ich meine … ginge es, dass …« Ich schaffte es nicht, den Satz zu Ende zu bringen, aber er verstand mich.

»Okay. Ich setze mich jetzt für zehn Minuten nach vorne zu Jakob und Jo, und dann komme ich wieder. Und … dann hoffe ich, ist alles wieder gut.« Er ließ den letzten Satz als Frage klingen, und ich nickte.

Dann wäre bei mir zwar längst nicht alles wieder gut, aber zumindest würde ich mich dann vielleicht ein bisschen gefangen haben.

»Versprochen«, flüsterte ich.

Er nickte, lächelte leicht und hauchte mir einen Kuss auf die Wange, ehe er aufstand und im Bus nach vorne ging zu den anderen Jungs.

Doch Zeit, mich einfach zu sammeln, hatte ich nicht. Hektisch begann ich, in den Sachen meines anderen Ichs zu wühlen. Zehn Minuten waren nicht viel, deswegen musste ich schnell machen.

Zum ersten Mal an diesem Tag, in dieser Welt, zog ich Parallel-Vickys Handy aus der Tasche. Ich brauchte dringend einen Einblick in ihr Leben – auch wenn er nur winzig klein war.

Sie hatte einige Nachrichten im Laufe des Tages bekommen, zwei davon waren von Mum und Dad (dass sie hier offenbar zusammen waren, war wenigstens schon mal ein gutes Zeichen). Außerdem eine Nachricht von einer Bianca, die für den Wettkampf viel Glück wünschte, und von einer Doris, die schrieb, ich solle morgen nicht zu spät zur Nachhilfe kommen, denn sie hätte am Nachmittag noch einen Termin.

Eilig öffnete ich WhatsApp, um mir einen Überblick über Parallel-Vickys Freundeskreis zu verschaffen.

Und nachdem ich den Chatverlauf mit dem obersten Kontakt überflogen hatte, war mir alles klar.

Sein Name war Jan. (Von wegen ein Vorname mit M, herrje!) Und er schickte ihr jeden Tag mehrere Nachrichten, die sie immer beantwortete. Inklusive Smileys und Herzchen und so was alles. Warum auch nicht, schließlich waren sie zusammen. Die Konversation von Konstantin und mir sah sogar noch rosaroter aus, und wir schrieben uns mindestens doppelt so oft.

Doch ich musste zugeben, dass Jan sehr liebenswürdig war und er die andere Vicky offenbar wirklich gernhatte. Und Vicky … ihr schien wirklich etwas an ihm zu liegen, wenn ich ihre Nachrichten an ihn las. Aber irgendetwas sagte mir, dass sie nicht hundertprozentig verliebt war. Nicht so wie ich. Vielleicht lag es daran, dass sie mit Jan schon etwas länger zusammen war als ich mit Konstantin? Doch ich konnte mir einfach nicht vorstellen, dass unsere Verliebtheit jemals so abkühlen würde wie bei Vicky hier. Dazu war das Bauchkribbeln viel zu schön.

Die Texte waren eigentlich immer recht ähnlich: Sie verabredeten sich zum Training, fuhren gemeinsam hin oder heim und aßen wohl gerne Eis zusammen. Ansonsten konnte ich auf die Schnelle nichts Besonderes herausfinden, und ich hatte auch keine Zeit, in die Tiefe zu gehen.

Ich wollte noch etwas anderes wissen.

Doch als ich mir die anderen Chats ansah, zog sich mein Magen schmerzhaft zusammen. Ich konnte Pauline nirgends entdecken. Panisch wechselte ich ins Adressbuch des Smartphones und scrollte durch die Kontakte. Fast nur Leute aus dem Schwimmverein, alle in einer Gruppe zusammengefasst. Und auch in den Schulkontakten oder unter *Sonstige* war sie nicht zu finden, und ich sank tief in meinen Sitz.

Dass Konstantin keine Rolle in Parallel-Vickys Leben spielte, war ja schon schlimm genug. Aber Pauline? Meine allerbeste Freundin Pauline, ohne die ich mir mein Leben gar nicht vorstellen kann? Die mich zu einem besseren Menschen machte, seit wir uns in der Grundschule nicht gesucht, aber gefunden hatten?

Wer war dann Vickys beste Freundin? Jeder hatte doch eine, oder etwa nicht?

Zurück bei WhatsApp sah ich, dass sie öfter mit einer Anne schrieb. Sie tauschten Infos über Hausaufgaben aus oder über das Schwimmen. Kaum Schulgossip. Als ob mein anderes Ich das nicht die Bohne interessieren würde. Oder als ob sie dafür einfach keine Zeit hatte.

Mein Herz wurde immer schwerer.

»Hey, Vicky. Kann ich kurz mit dir reden?« Ein Mädchen war neben mir aufgetaucht, ich hatte sie gar nicht bemerkt.

Es war die mit dem langen, geflochtenen Zopf von vorhin. Die, bei der ich immer noch nicht wusste, ob wir befreundet waren oder nicht.

Ehe ich etwas sagen konnte, hatte sie sich schon auf Jans Sitz fallen lassen.

»Hör mal, wegen vorhin … tut mir echt leid, dass ich so komisch reagiert hab. Aber alle anderen haben wegen des dritten Platzes so rumgezickt, dass ich mich hab anstecken lassen.«

Ich sah sie nur unverwandt an. Ich hatte jetzt keine Lust auf so ein Gespräch. Vermutlich hätte noch nicht mal mein anderes Ich das, also gab ich mir nicht die Mühe, Verständnis zu zeigen. Dafür hatte sie mich vorhin viel zu sehr allein gelassen.

Das Mädchen sprach weiter. »Pass auf, ich wollte dich fragen, na ja … wollen wir uns mal so treffen? Also, mal außerhalb des Schwimmbads?«

Sie sah wirklich ein bisschen zerknirscht aus, aber ich hatte keine Ahnung, ob ich mit einer Zusage Parallel-Vicky einen Gefallen tun würde. Oder mit einer Absage.

»Mal sehen.« Nicht sehr nett, dafür unverbindlich. Damit konnte Parallel-Vicky machen, was sie wollte.

Das Mädchen nickte und lächelte leicht. Vielleicht hatte sie sogar mit einer Abfuhr gerechnet.

»Hey, Mädels.« Jan war zurückgekommen, und das Mädchen stand auf.

»Ich wollte sowieso gerade nach vorne. Wir sehen uns, ja?«, fragte sie, und ich nickte. Vielleicht war sie ja doch eine von den Guten. Ich hoffte es jedenfalls für die andere Vicky – sie konnte *wirklich* echte Freunde gebrauchen.

Sobald sie aufgestanden war, setzte Jan sich neben mich und sah mir aufmerksam ins Gesicht.

»Ist es jetzt besser?«, fragte er.

War es besser?

Nein. Aber ich hatte mich wieder gesammelt, einigermaßen.

Er legte den Arm um meine Schulter, wollte mich noch näher bei sich haben. Sein Blick huschte von meinen Augen zu meinen Lippen, ehe er mir erneut in die Augen ansah, eine stumme Frage in seinen Augen.

Und ich war echt stolz, dass ich nicht sofort wieder in Tränen ausbrach, obwohl ich wusste, was ich zu tun hatte.

Was ich meinem anderen Ich schuldig war.

Vor einer Weile, als wir ein Sommerfest in unserem Garten gefeiert haben, war ich auch überraschend in eine Parallelwelt gesprungen. Und mein Parallel-Ich hatte in meiner Abwesenheit Konstantin ins Kuchenbüfett geschubst, als er sie – beziehungsweise *mich* – küssen wollte. Doch das hier war anders. Denn die andere Victoria damals konnte nicht wissen, was ihr da gerade geschah und dass sie sich in meiner Welt nur ganz wenige Male aufhalten würde. Nach meinem letzten Sprung in ihre Welt würden wir wahrscheinlich nie mehr unsere Leben tauschen müssen, deswegen war ihre Reaktion auf Konstantin (und die Auswirkungen davon) völlig in Ordnung.

Nicht aber hier.

In dieser Welt war ich der anderen Vicky weit voraus – ich wusste Dinge, von denen sie vermutlich nichts ahnte, und das war auch gut so. Und ich würde ja auch bald wieder in eine andere Parallelwelt springen und damit ihr Leben nicht mehr weiter stören. Doch in der kurzen Zeit, in der ich hier war, durfte ich nichts kaputtmachen.

Nicht so etwas Wichtiges wie ihre Freundschaft zu diesem Jungen. Oder ihre Freundschaft zu den Mädchen ihres Schwimmvereins, wenn es so was unter den bezaubernden Mädels überhaupt gab.

Hier musste ich stark sein und mich in ihr Leben einfügen. Obwohl der Preis verdammt hoch war.

Also schubste ich Jan nicht weg, als er sich zu mir beugte – und mich auf den Mund küsste.

Seine Lippen waren weich und sanft, aber es fühlte sich trotzdem einfach nur falsch an.

Falsch, falsch, falsch.

Und obwohl er so sensibel war und sich sofort wieder von mir löste, als er merkte, dass ich seinen Kuss nicht erwiderte, konnte ich meine Tränen schließlich nicht mehr zurückhalten.

»Schschsch … schon gut«, murmelte er, zog mich in an sich und hielt mich einfach nur im Arm, während ich sein T-Shirt nassweinte. »Ich weiß, das war ein schrecklicher Tag. Morgen ist es schon besser. Und beim nächsten Wettkampf räumst du wieder alles ab.«

Ich nickte, unfähig zu antworten. Und musste noch mehr weinen, denn was er gesagt hatte, bedeutete, dass mein Parallel-Ich *wirklich* so ehrgeizig war. Dass er ohne jeden Zweifel davon ausging, dass sie wegen eines zweiten und dritten Platzes am Boden zerstört war.

Ganz zu schweigen von der Tatsache, dass Pauline und Konstantin einfach komplett in Vickys Leben fehlten.

Darum weinte ich am meisten.

Der Rest der Fahrt verlief relativ ruhig. Alle im Bus waren erschöpft, und die meisten dösten oder hatten Kopfhörer auf und hörten Musik. Sogar ich begann, mich ein wenig zu entspannen, als ich irgendwann aufgehört hatte zu weinen – so weit es eben ging.

Jan hatte nicht noch mal versucht, mich zu küssen. Er schien für den Augenblick ganz zufrieden zu sein, mich im Arm zu halten. Und das war etwas, das ich aushalten konnte. Ich genoss es nicht, aber es war auch nicht so schrecklich, dass ich ihn von mir stoßen musste.

Er hatte gerade die starke Schulter, die ich in meiner Not brauchte. Entweder ich lehnte mich an ihn oder an die Scheibe, oder ich würde vor Müdigkeit sowieso von meinem Sitz fallen. Also konnte ich auch einfach bleiben, wo ich war.

Die Sonne war schon untergegangen, aber obwohl es immer dunkler wurde draußen, kam mir die Gegend bekannt vor. Wir näherten uns meinem Heimatort – meinem echten Heimatort. Da, wo ich mit Mum, Dad, Konstantin, Pauline und all meinen anderen Freunden wohnte.

Ich hatte es also fast geschafft. Zwar hatte ich verpasst nachzusehen, ob ich die Adresse von Parallel-Vickys Zuhause im

Handy finden konnte, aber das sah ich relativ gelassen. Ich würde einfach Mum anrufen, damit sie mich abholte. Wenn ich ihr sagte, wie fertig ich war, würde sie bestimmt kommen und mich nach Hause bringen, selbst wenn wir direkt neben der Bushaltestelle wohnen sollten.

Jan schien meine Gedanken gelesen zu haben. Als der Bus endlich durch unsere kleine Stadt fuhr in Richtung Gemeindewiese, wo auch bei uns die Schulbusse immer hielten, setzte er sich auf und fragte: »Soll ich dich nach Hause begleiten? Ich weiß, es ist nicht weit«, fügte er hinzu, »aber ich glaube, du könntest jemanden gebrauchen, der dir deine Tasche trägt.«

Ach, er hatte ja so recht.

»Das wäre toll«, sagte ich und meinte es auch. Er war wirklich ein netter Kerl.

Glücklicherweise war auch der schnauzbärtige Trainer vom Tag so geschafft, dass er mir nicht noch mal eine Standpauke hielt, als wir alle ausstiegen. Nur ein genuscheltes »bis morgen«, mehr kam nicht mehr von seiner Seite, und ich atmete erleichtert auf, als mir die kühle, frische Abendluft um die Nase wehte.

Jan hängte sich zu seiner eigenen Tasche noch meine über die Schulter, dann nahm er wieder meine Hand. Und ich ließ es zu. Ich hatte mich langsam mit meiner Rolle als Parallel-Vicky abgefunden. Und so lange er nur Händchen halten wollte, war es für mich auch in Ordnung. So halbwegs.

Außerdem musste ich mich so nicht darum kümmern, wo meine Parallelfamilie wohnte. Er würde es wissen und mich in die entsprechende Richtung bugsieren.

Und sollte ich doch gleich wieder zurückspringen, könnte

mein anderes Ich mühelos übernehmen und sich in der Situation zurechtfinden. Jan würde nicht merken, dass er es mit zwei Vickys zu tun gehabt hatte. Na ja, im Moment zumindest nicht. Solange er mir mit seinen Lippen nicht zu nah kam, konnte ich meine blank liegenden Nerven zusammenhalten.

Dachte ich.

Ich dachte wirklich, ich hätte es fast geschafft, und malte mir schon aus, dass ich, sobald ich in Vickys Zuhause war, mich sofort ins Bett legen würde. Und dann würde ich einfach die Augen zumachen und gar nichts mehr tun – bis zu meinem Rücksprung. Oder, idealerweise, einfach einschlafen. Meine Eltern wussten, wie müde ich nach dem Schwimmen immer war, und ließen mich dann normalerweise in Ruhe.

Aber auf das, was jetzt noch kam, war ich *nicht* vorbereitet.

Jan und ich gingen Hand in Hand an der Gemeindewiese entlang. Die angrenzenden Läden waren, wie schon bei anderen Besuchen in der Parallelwelt, nicht ganz die gleichen wie in meiner Welt. Der Schuhladen und die Apotheke waren nicht da, wo sie sonst waren, und auch Tante Pollys Café gab es nicht. Dafür die Ludwig'sche Bäckerei. Und die Eisdiele, an der wir gerade vorbeikamen.

Mit einem Seitenblick auf mich fragte Jan: »Was meinst du? Ein Absackereis? Ich bin dran mit der Einladung!« Als er meinen offenbar gequälten Blick sah, fügte er hinzu: »Zum Mitnehmen. Wir müssen uns nicht hinsetzen.«

Ich quetschte mühsam ein Lächeln heraus. »Klar, warum nicht. Ich nehme Himbeere und Pistazie, bitte.«

Jan grinste. »Mal was ganz anderes heute!«

»Ja.« *Wenn's denn nur das Eis wäre, das anders war, heute.*

»Bin gleich wieder da.«

Und dann passierten mehrere Dinge auf einmal.

Jan beugte sich zu mir herunter und drückte mir einen festen Kuss auf den Mund. Keinen flüchtigen, wie vorhin. Doch ich war so überrumpelt, dass ich einfach stocksteif stehen blieb. Zum Glück ließ er nach ein paar Schrecksekunden von mir ab. Ich wusste nicht, ob er spürte, dass ich ihn am liebsten schon wieder weggeschubst hätte.

Vielleicht war es ihm nach dem anstrengenden Tag auch einfach egal.

Und als er sich umdrehte und sich an der Theke anstellte, sah ich ihn.

Konstantin.

Meinen Konstantin, im Körper seines anderen Ichs. Er war gerade aus der Eisdiele gekommen und stieß beinahe mit Jan zusammen. Und zwar nicht, weil er ihn nicht gesehen hatte, sondern weil er den Arm um die Taille eines Mädchens gelegt hatte und nicht schnell genug ausweichen konnte.

Und seinem Gesicht nach zu urteilen, hatte er mich schon früher entdeckt als ich ihn. Vermutlich sogar schon, als Jan mich geküsst hatte. Sein Blick huschte zwischen ihm und mir hin und her, und ich biss mir auf die Unterlippe.

Die hatte nämlich wieder verräterisch angefangen zu zittern.

Auch Konstantin war geschockt, das konnte ich sehen. Und während ich weiterhin nur dastand und ihn anstarrte, löste er seinen Arm von dem mir fremden Mädchen und ging einen Schritt auf mich zu.

»Was ist denn, Konsti? Kennst du die?« Das Mädchen – sie hatte dunkle Haare und ein schiefes Lächeln – hängte sich wieder an seinen Arm.

O Gott, ich wäre so gerne losgerannt und hätte mich in seine Arme geworfen. Und wenn ich seine Körperhaltung nicht komplett falsch interpretierte, ging es ihm ähnlich.

Aber wir beide waren uns einig, dass wir hier unsere Rollen zu spielen hatten. Ich hatte ihn bestimmt tausendmal darum gebeten, als wir über unsere Weltenspringerei gesprochen hatten, und er hatte es verstanden.

Er wusste es. Und er hatte versprochen mitzumachen.

Und als ich ganz sacht den Kopf schüttelte, als Bestätigung, dass er einfach weitermachen sollte mit was auch immer, schloss er kurz die Augen.

»Nein, sorry, Isabella«, sagte er leise zu dem Mädchen. »Gehen wir.«

Doch die schien zu spüren, dass hier etwas nicht in Ordnung war. *Weibliche Antennen* nannte Claire das immer, was ich bisher normalerweise belächelt hatte. Und dieses Mädchen war wohl der Ansicht, dass sie mir ihren Status als Konstantins Freundin durchaus klarmachen musste.

Konstantin hielt ihr seine Hand hin – offenbar das geringste Übel, auch für ihn –, aber das reichte ihr nicht.

Mit einem gehässigen Blick auf mich schlang sie ihm blitzschnell die Arme um den Hals und zog ihn zu sich hinunter.

Und küsste ihn, mit ganzem Körpereinsatz.

Konstantins Augen weiteten sich, und er legte seine Hände unschlüssig auf ihre Schultern. Wegschubsen würde er sie wohl nicht, er ging mit mir ja auch immer supervorsichtig um, aber ich konnte ihm ansehen, dass er sich von ihr lösen wollte.

Ich musste so fest auf meine Lippe beißen, um nicht zu schreien, dass es weh tat.

Aber was er im nächsten Moment tat – damit hatte ich nicht gerechnet.

Er stieß das Mädchen nicht weg – sondern er fiel wie ein nasser Sack auf den Boden.

»*Kkkrrrcchchchch…*«, machte er, und mein Herz machte einen Satz. O Gott, was war mit ihm? War er krank? Oder war etwas mit Parallel-Konstantins Körper? Hatte er Schmerzen?

O Nein, o nein, o nein!!!

»Eine … eine … *kkkrrrchchchääähhh…*« Konstantin keuchte und stöhnte und lag jetzt zusammengekrümmt auf dem Bürgersteig vor der Eisdiele. So etwas hatte ich noch nie bei ihm erlebt, herrje!

Was sollte ich nur tun???

»Eine Biene hat mich … ich bin … allergisch …«

Vor Sorge wäre ich beinahe gestorben. Mein armer Konstantin, ich wusste ja gar nicht, dass er allergisch war, o Gott, was sollte ich nur –

Und dann sah ich es. Sein Zwinkern, als ich ihm panisch ins Gesicht blickte. Da, und noch mal.

Endlich war der Groschen bei mir gefallen. Sofort stieg ich mit ein: »Aus dem Weg! Ich bin ausgebildete Ersthelferin, macht Platz!«, rief ich, machte mich von Jan los und schob das Mädchen nachdrücklich zur Seite. Dann ließ ich mich auf die Knie direkt neben Konstantin fallen.

Sein Plan war vielleicht nicht perfekt durchdacht, aber wenigstens waren wir endlich wieder zusammen, hier, auf dem Bürgersteig vor der Eisdiele. Sofort grapschte er nach meiner Hand und drückte sie ganz fest, es ging ihm wohl ganz genauso.

Leider fehlte mir jetzt nur das weitere Drehbuch. Abgesehen von der Tatsache, dass ich von Erster Hilfe genauso wenig Ahnung hatte wie von lateinischen Konjugationen.

Ich versuchte zu improvisieren.

»Also … äh … bleib ganz ruhig liegen, ja? Es wird alles wieder gut«, sagte ich, und meine Stimme zitterte. »Ich, äh … überprüfe jetzt erst mal die Atmung, damit wir wissen, ob wir einen Arzt brauchen.«

Ich lehnte mich über meinen Freund, das Ohr an seinem Mund, und sah auf seine Brust, ob sie sich hob und senkte. (Was sie natürlich tat, denn Konstantin täuschte das alles ja nur vor. Weder war er allergisch, noch war hier in letzter Zeit überhaupt eine Biene vorbeigekommen.)

Ich spürte die Blicke von Jan und Isabella, die sich wie Laserschwerter in meinen Rücken bohrten. »Das macht aber nicht den Eindruck, als könntest du Erste Hilfe! Sollen wir nicht lieber einen Krankenwagen rufen?« Isabellas Stimme war ein gefährliches Keifen. War mir gerade aber echt egal.

»Ich glaube nicht, dass das nötig ist, er atmet regelmäßig … Wo genau hat sie dich denn gestochen?«, fragte ich, und rückte keinen Millimeter von Konstantin ab. Was genau genommen auch nicht anders ging, denn er hielt mich so fest, dass ich mich nicht weit von ihm wegbewegen konnte, selbst wenn ich gewollt hätte.

»Hier … äh … Oberarm«, murmelte er, und ich nickte. Trotzdem hielten mich seine Hände so, wo ich war, mit dem Ohr über seinem Mund, ich konnte mich kaum rühren.

»Vicky«, flüsterte er, »bleib hier, bitte … ich halt das sonst nicht mehr aus«, und ich musste schon wieder meine Tränen zurückhalten.

»Ich bin hier«, flüsterte ich und tat so, als ob ich was auf seiner Brust abzutasten hatte. Konstantins Herz hämmerte wild, das konnte ich sogar mit der flachen Hand durch sein T-Shirt spüren. Er zog mich noch ein Stück zu sich und hauchte mir verstohlen einen Kuss aufs Ohr, und ich musste an mich halten, um mich nicht einfach in seine Arme zu werfen. Oder wenigstens die Mund-zu-Mund-Beatmung zu starten.

»Also, ich ruf jetzt den Arzt«, ätzte Isabella, und ich zuckte nur mit den Schultern. Sollte sie doch machen, mir war alles egal. Hauptsache, ich durfte hier einfach noch ein paar Minuten neben ihm sitzen und musste mich nicht dem schrecklichen Parallelweltleben stellen.

Konstantin fing wieder an zu flüstern. »Vicky, ich … ich … ich muss dir was sagen, ich l–«

Und dann, plötzlich – kam die Erlösung.

8.

Der Zimtschneckengeruch war so schnell wieder verflogen, wie er gekommen war. Aber er hatte mich nach Hause gebracht.

Trotzdem musste ich ganz tief Luft holen.

Und noch einmal.

Und noch mal.

Es dauerte ein paar Sekunden, ehe mein Gehirn die soeben gesehenen Bilder an meinen eigenen Körper gesendet hatte, in den ich gerade wieder zurückgekehrt war.

Bilder von Konstantin und Isabella, die sich an seinen Hals geschmissen und ihn abgeknutscht hatte. Oder von Jan, der das Gleiche mit mir im Sinn hatte. Nur dank Konstantins Showeinlage eben waren wir beide vor Schlimmeren bewahrt worden.

Trotzdem war das alles viel zu viel für mich. Ich fing an, am ganzen Körper zu zittern – und dann hemmungslos zu schluchzen.

Obwohl ich wusste, dass das eben nicht mein echtes Leben war, tat mir mein Herz auf einmal schrecklich weh. Der andere Konstantin hatte dieses Mädchen, und die andere Vicky hatte Jan. Und so, wie sich das Leben meines Parallel-Ichs gestaltete – nämlich Training, Schule, Lernen, Training, Wettkampf –, würde sie den Konstantin in ihrer Welt vermutlich überhaupt niemals treffen. Wann auch?

Und bei dem Gedanken daran musste ich gleich noch heftiger weinen. Vielleicht auch, weil mir gerade erst bewusst wurde, wie viel Glück ich hatte, dass ich Konstantin überhaupt kennengelernt hatte. Dass mein Laptop kaputtgegangen und ich zu ihm und Nikolas in den Computerclub gekommen war. Dass ich keine Leistungssportlerin werden wollte. Und dass ich Pauline in meinem Leben hatte, und viele andere mehr.

Irgendjemand rempelte mich an der Schulter an, und erst dann sah ich mich um, wo ich gelandet war. Wohin die andere Vicky in meinem Körper in der Zwischenzeit gegangen war, denn der letzte Sprung hatte eine Weile gedauert, mindestens eineinhalb Stunden.

Natürlich war ich immer noch in der Stadt, ich stand sogar mitten in der Fußgängerzone. Die Samstagabend-Shopper bevölkerten die Straßen und schlenderten mit Taschen und Tüten an mir vorbei, nichtsahnend von meinen erschütternden Erlebnissen gerade. Doch obwohl es so trubelig um mich herum war und ich immer noch weinte, breitete sich nun ein warmes Gefühl in mir aus – pures Glück, wieder da zu sein. Die kühle Luft, zusammen mit den Geräuschen der Stadt – ganz in der Nähe musste ein Straßenmusikant stehen, ich hörte eine spanische Gitarre und jemanden leise singen –, waren Balsam für meine gebeutelte Seele, und ich beruhigte mich langsam wieder.

Ich fand ein Taschentuch in meiner Jeansjacke und putzte mir die Nase. Eine ältere Dame, die gerade vorbeikam, fragte: »Alles in Ordnung, Kindchen?«

Ich musste schrecklich verheult aussehen, aber ich nickte.

Es war alles in Ordnung.

Denn ich war wieder zu Hause.

Plötzlich begann mein Handy zu klingeln. Mein neues Smartphone! Hektisch fummelte ich es aus meiner Tasche.

Konstantin!!!

»Hey«, sagte ich, und vor Erleichterung kamen mir fast schon wieder die Tränen. Ach, was war ich für eine Heulsuse heute!

»Vicky.« Konstantins Stimme klang merkwürdig belegt, und er räusperte sich. »Wo bist du?«

»Konstantin!«, schniefte ich und musste plötzlich kichern. »Deine Schauspieleinlage war der Hit. Ich hab dir einen Moment lang echt geglaubt.«

»Ganz ehrlich, ich hab mir beinahe selbst geglaubt. Mir ging es so mies da drüben, dass ich wirklich fast zusammengeklappt wäre.« An seiner Stimme hörte ich, dass er wieder lächelte. »Wo bist du? Ich muss dich sehen. Jetzt sofort.«

»Unbedingt«, sagte ich, und drehte mich um meine eigene Achse. »Ich stehe irgendwo in der Fußgängerzone, da vorne ist dieser Brunnen mit den Stufen, und daneben ein Steakhouse.«

»Das ist ganz in der Nähe vom Rathaus, ich bin gleich da. Bleib, wo du bist, ja?«

»Ja, ich stehe vor dem Schreibwarenladen.«

»Okay, bin gleich da«, wiederholte er und legte noch nicht auf, als ob er noch etwas sagen wollte. Und dann flüsterte er nur: »Warte bitte auf mich.«

Und ob ich das tun würde.

Schnell wischte ich mein Gesicht sauber und versuchte, die Schaufensterscheibe hinter mir als Spiegel zu benutzen, aber eigentlich war mir völlig egal, wie ich aussah.

Hauptsache, ich war wieder da.

Konstantin hatte mir nicht gesagt, wo er gerade war, deswegen wusste ich nicht, wie lange er zu mir brauchen würde. Immer wieder stellte ich mich auf die Zehenspitzen und schaute in alle Richtungen, ob ich ihn irgendwo entdeckte.

Und ich musste zum Glück nicht lange warten.

Nach zwei Minuten sah ich jemanden rennen, einen braunen Haarschopf, der sich zwischen den Passanten hindurchschlängelte, genau auf mich zu.

Da war er.

Mein Herz machte einen Satz, eine weitere Träne kullerte, und schon stand er vor mir.

»Vicky«, murmelte er und nahm mich so fest in die Arme, dass ich nach Luft schnappte. Meine Füße baumelten irgendwo in der Luft, weil er mich hochgehoben hatte, aber ich klammerte mich genauso heftig an ihn.

»Es war so schrecklich«, schluchzte ich in seine Halsbeuge und hätte mich am liebsten dort verkrochen.

Konstantin setzte mich vorsichtig ab, allerdings ohne mich loszulassen.

»Endlich hab ich dich wieder«, flüsterte er, und ich hob den Kopf so weit, dass er mich ansehen konnte. Seine Augen glänzten verräterisch, und mein Herz klopfte sofort doppelt so schnell wie sonst – und dann küsste er mich.

Und endlich fühlte es sich wieder richtig an.

Endlich war ich wieder an dem einzigen Ort der Welt, wo ich sein wollte.

Hier, in seinen Armen.

Obwohl ich ja manchmal immer noch mit meiner Schüchternheit zu kämpfen hatte, war es mir im Moment völlig egal, dass wir uns hier mitten in der Fußgängerzone befanden. Ich blendete einfach alles aus, und ich glaube, so fest, wie Konstantin mich hielt, ging es ihm genauso.

Irgendwann unterbrach er unseren Kuss, nahm mein Gesicht in seine Hände und wischte mir mit den Daumen die Tränen weg.

»Was für ein Schlamassel«, murmelte er, und ich nickte. »Als ich dich mit diesem Jungen gesehen habe, wollte ich ihm am liebsten eine verpassen. Mindestens.«

»Das hätte zu viele Probleme bereitet. Die Einlage mit dem Bienenstich war viel besser.«

Wir grinsten uns an wie zwei Schwachsinnige, und Konstantin sagte: »Ja, oder? Mit ist plötzlich eingefallen, dass deine Tante Polly neulich von so einem Fall erzählt hat, ich weiß auch nicht, warum. Hab nicht lange nachgedacht und mich einfach fallen lassen. Und mich von dir retten lassen«, sagte er und zwinkerte noch mal so wie vorhin auf dem Bürgersteig.

Ich grinste. »Auch wenn die Freundin von Parallel-Konstantin mir dafür fast die Augen ausgekratzt hat, so, wie die ihr Revier verteidigt hat. Aber«, fuhr ich fort und strich ihm eine Haarsträhne aus der Stirn, »es ist trotzdem richtig, möglichst unauffällig zu bleiben in der anderen Welt. Nichts kaputtzumachen.«

Konstantin nickte. »Es fällt nur so verdammt schwer.«

»Ich weiß. Diese paar Stunden eben waren mit die schlimmsten in meinem ganzen Leben.«

»Dann hoffen wir, dass wir nicht mehr dahin springen. Und wenn doch –« Er holte tief Luft und hauchte mir noch einen Kuss auf die Lippen, ehe er sagte: »Wenn doch, dann weißt du, dass ich nur mitmache, weil ich muss. Damit nicht alles im totalen Chaos versinkt. Obwohl ich meinem anderen Ich schon eine Nachricht hinterlassen habe.«

»Über die Sprünge?«

Konstantin lächelte. »Das auch.«

Engumschlungen machten wir uns schließlich auf den Weg zu den anderen und berichteten uns währenddessen von unseren Abenteuern in der Parallelwelt. Konstantins Geschichte war dabei relativ schnell erzählt: Er war zu sich nach Hause gesprungen, wo er mit dem Mädchen einen Film ansah, ehe sie danach zum Eisessen gingen. Er hatte wohl noch versucht, sie loszuwerden, aber sie klebte an ihm wie Kaugummi in den Haaren. Aber wenigstens hatte er sein anderes Ich kontaktieren können, im Bus vorhin war ich dazu nicht mehr gekommen. Doch ich war mir ohnehin nicht sicher, was ich der anderen Vicky überhaupt schreiben würde.

Dass sie es mit dem Schwimmen langsamer angehen lassen und nicht so verbissen sein sollte? Oder mich bei ihr entschuldigen, dass ich ihr an diesem Nachmittag ihre Erfolgsquote versaut hatte?

Vielleicht bekam ich ja noch die Gelegenheit dazu, ihr eine Nachricht zu hinterlassen. Ich hoffte jedoch, dass ich nie, nie wieder dorthin musste.

Konstantin und ich spazierten weiter durch die Innenstadt, wo vor dem Rathaus schon Pauline und Nikolas auf uns warteten.

Als ich dort meine beste Freundin stehen sah, war es beinahe wieder um mich geschehen. Heftig fiel ich Pauline um den Hals, und sie tätschelte mir geduldig den Rücken, ehe sie Konstantin und mich ausquetschte, was genau passiert war.

Zum Glück waren weder Claire noch Leonard zu sehen, so dass wir uns in Ruhe austauschen konnten. So entsetzt ich über meine Erlebnisse in der Parallelwelt war, so begeistert war Pauline. Nicht, dass ich ihr nicht leidtat, aber ihr Forscherherz schlug so hoch wie nie. Ich konnte förmlich sehen, dass sie es in den Fingern juckte, alles sofort mitzuschreiben und zu analysieren.

Und auch sie und Nikolas waren in der Zwischenzeit aktiv gewesen und hatten einiges zu berichten.

Die beiden hatten uns nämlich ein perfektes Alibi verschafft. Parallel-Konstantin war wohl so hilflos hier, dass Nikolas schon nach wenigen Sekunden sehen konnte, dass da plötzlich das Parallel-Ich seines besten Freundes neben ihm stand und nicht mehr er selbst. Und Parallel-Konstantin war offenbar mehr als dankbar über seine Hilfe, denn er ließ sich geduldig alles erklären und tat genau das, was Nikolas ihm sagte. (Was vor allem hieß: in Nikolas' Nähe bleiben und in der eigenen Welt eine Nachricht für *seinen* Konstantin zu hinterlassen, damit der sich dort so gut wie möglich zurechtfand.)

Sogar Pauline hatte ihren Aufenthalt in der Unibuchhandlung abgebrochen und war zu ihrem Freund und Parallel-

Konstantin in den Media-Store geeilt. Ein echtes Forschungsobjekt in Form eines Weltenspringers war dann offenbar doch wertvoller als irgendwelche Theorien in Büchern.

Nikolas und Pauline sorgten auch dafür, dass niemand nach Konstantin und mir suchte, weil wir durch unseren letzten, langen Sprung nicht an unserem ersten Treffpunkt am Rathaus sein konnten: Parallel-Vicky war nicht zu finden und ging auch nicht ans Handy, und Parallel-Konstantin war so durch den Wind durch die Springerei, dass den anderen sofort etwas verdächtig vorgekommen wäre. Der Arme brachte wohl kaum ein paar zusammenhängende Sätze zustande, was *mein* Konstantin sofort bestritt.

»Kann gar nicht sein. Ich bin mir sicher, dass ich in jeder Welt gleich cool bin«, sagte er und grinste. Jetzt, da wir hier waren, hatte er wieder Oberwasser, und ich kniff ihm leicht in die Seite, was er mit einem Zwinkern erwiderte.

Mir konnte er nichts vormachen. Ich hatte ja gesehen, wie verstört er war und wie froh, dass der Albtraum dieser Parallelwelt zumindest fürs Erste vorbei war. (Hoffentlich!)

Und aus diesem Grund ertrugen wir wahrscheinlich so geduldig die Fragen von Pauline und Nikolas, die uns löcherten, bis Konstantins und mein Magen im Duett die Tonleiter rauf und runter knurrten.

»Lasst uns etwas essen gehen«, sagte er.

Ich überlegte. Es war schon kurz nach acht, aber meine Eltern hatten sich gemeldet, wir würden sie erst in einer Dreiviertelstunde treffen. Claire und Leonard hatten ebenfalls Bescheid gegeben, dass sie noch eine Weile brauchen würden. Aber mir fiel genau das Richtige ein, was wir in der Zeit unternehmen konnten.

Ich erzählte meinen Freunden von Lina. Von unserem Kennenlernen in Beas Wohnung, von den merkwürdigen Sachen, die sie in ihren Rucksack gestopft hatte, und wie ich sie vorhin durch die Kneipenfenster beim Tanzen gesehen hatte.

»Gehen wir doch schnell zu der Bar, ich sterbe nämlich vor Neugier. Lina hat sich so komisch verhalten, ich will unbedingt wissen, was sie da gemacht hat! Und vielleicht gibt's da auch eine Kleinigkeit zu essen.«

Pauline war sofort genauso neugierig wie ich, als sie das mit der Parmesanreibe und den anderen komischen Gegenständen hörte. Sie witterte hier eine interessante Geschichte und war von meinem Vorschlag begeistert.

Und entgegen meiner sonstigen Orientierungslosigkeit fand ich sogar auf der Onlinekarte recht schnell die Ecke, an der die Kneipe gewesen sein musste.

»Das schaffen wir von hier aus zu Fuß, das sind maximal zehn Minuten«, sagte Konstantin, der mir über die Schulter gesehen hatte, und wir machten uns zu viert auf den Weg.

Während wir unterwegs waren, hoffte ich, dass wir Lina noch antreffen würden – schließlich war es ja fast zwei Stunden her, seit ich sie hier auf dem Tisch herumtanzen gesehen hatte.

Als wir an der Bar ankamen, war dort tatsächlich noch mehr los als vorhin schon. Die Leute standen dichtgedrängt auf dem Bürgersteig, teils in lautstarke Gespräche vertieft, teils vor der Tür, um immer noch hinein zur Talentshow zu gelangen. Von innen klang leicht schräge Musik (eine Gitarre?), unterbrochen von der Stimme einer Frau, die ich vorhin schon gehört hatte, vermutlich war das die Moderatorin.

An Essen war nicht zu denken, dazu war es hier viel zu voll.

»Wie sieht diese Lina denn aus?«, fragte jetzt Konstantin, als ich mich auf die Zehenspitzen stellte und versuchte, an den anderen Leuten vorbei durch die Fenster nach innen zu sehen.

»Groß, sehr blond, hübsch, Zahnlücke. Sie hat einen roten Rucksack dabei, und eine dunkle, kurze Jacke.«

Pauline und Nikolas, die um die Ecke gegangen waren, um durch die anderen Scheiben zu sehen, kamen kopfschüttelnd zu uns zurück.

»Keine Spur bisher. Vielleicht gehen wir mal rein, von hier draußen sieht man schlecht, es ist so voll.«

Ein wenig enttäuscht nickte ich, nachdem ich einen schnellen Blick auf mein Smartphone geworfen hatte. »Okay. Wenigstens ganz kurz, in einer halben Stunde sind wir mit meinen Eltern verabredet, wir müssen gleich wieder zurück.«

Aber am Eingang mussten wir erst mal warten, denn es kam ein ganzer Pulk an Leuten heraus, und es gab kein Durchkommen. Doch am Ende der Gruppe entdeckte ich einen Mann mittleren Alters, ziemlich klein, ziemlich rundlich, ziemlich unauffällig – allerdings mit einer sehr, sehr hübschen und durchaus auffälligen Frau am Arm. Er strahlte übers ganze Gesicht, und dann noch mehr, als ihm immer wieder irgendwelche Leute, an denen er vorbeikam, auf die Schulter klopften.

»Super gemacht, Kumpel. Wie Justin Timberlake!«

»Klasse, Mann. Ich wusste, du kannst es.«

»Beste Performance heute Abend!«

Daraufhin grinste er noch mehr.

War das der Typ von vorhin, der auf der Bühne gestanden hatte, als Lina auf den Tisch geklettert war? So ungefähr sah er aus, ja, das könnte er –

»Hey, ist sie das?«, flüsterte Konstantin da in mein Ohr und deutete mit seiner freien Hand auf ein Mädchen, das dicht hinter dem untersetzten Timberlake nach draußen kam.

»Ja, genau«, flüsterte ich aufgeregt und gab Nikolas und Pauline ein Zeichen, dass wir sie gefunden hatten.

Genau wie der Mann strahlte sie übers ganze Gesicht, ihre Wangen glühten, als ob sie die letzten zwei Stunden durchgetanzt hatte.

Sie hatte mich noch nicht entdeckt und zerrte ihre Jacke aus dem Rucksack, sobald sie auf dem Gehweg stand.

Ich wartete kurz, bis sie noch ein paar Schritte weitergegangen war, um aus dem dichten Getümmel herauszukommen, und sprach sie an.

»Hey, Lina!«

Erschrocken wirbelte sie herum und starrte mich einen Moment mit weitaufgerissenen Augen an.

»Vicky! Was machst du denn hier?« Sie hatte mitten in der Bewegung innegehalten, den offenen Rucksack vor sich, die Jacke baumelte in ihrer Hand.

»Ich hab dich vorhin zufällig durch die Fensterscheibe gesehen, nachdem ich mein Handy geholt hab, na ja …«

Sie biss sich einen Moment auf die Lippen, ehe sie dann doch anfing zu lächeln. Zum Glück, ich dachte für einen Augenblick, dass sie vielleicht sauer war, weil ich ihr nachspioniert hatte – auch wenn es ja wirklich zufällig gewesen war.

»Cool. Ich bin hier für heute fertig. Soll ich dich noch mal irgendwo hinbringen? Oder euch?« Sie sah neugierig an mir vorbei auf meine drei Freunde.

»Oh. Lina, das sind Pauline, Nikolas, und Konstantin, mein Freund.«

»Hallo.« Sie lächelte Konstantin an. »Zum Glück habt ihr euch wiedergefunden. Mein Bruder Mats hat sich nämlich schon ganz selbstlos angeboten, sich um Vicky hier zu kümmern.«

Konstantin sah mich von der Seite an und zog eine Augenbraue hoch. »So?«

Ich zuckte lässig mit den Schultern. »Ja, na ja, du weißt ja, ich hab überall meine Verehrer.«

Mein Freund schnaubte gespielt. »Ja, das weiß ich leider«, und hauchte mir einen Kuss auf die Wange.

Lina lächelte uns verträumt an. »Ach, ihr seid ja süß. Ich will auch mal so einen lieben Freund haben.«

»Das wird schon«, antwortete ich. »Das passiert, wenn du am allerwenigsten damit rechnest. Zumindest war es bei mir so.« Und wenn *ich* einen Freund hatte, dann würde Lina zehnmal einen haben. Sie war einfach toll, auch so zerzaust, wie sie jetzt gerade vor uns stand.

Lina nickte versonnen. »Hoffentlich hast du recht.«

Mein Handy summte in meiner Tasche und erinnerte mich daran, dass wir losmussten.

»Wir müssen leider gehen. Aber vielen Dank für alles heute!«, sagte ich, und Lina grinste.

»Kein Problem, ich muss jetzt auch heim. War ein langer Tag.«

Ich wechselte mit Pauline einen Blick.

Klar würde ich noch mal nachbohren!

Ich machte mich von Konstantin los und ging neben Lina in Richtung U-Bahn.

Verschwörerisch fragte ich sie leise: »Sei mir nicht böse, aber ich komme beinahe um vor Neugier. Ich hab dich vorhin hier in diesem Laden gesehen, und du hast so komisch getanzt, und dann diese Sachen in deinem Rucksack ... was war da los? Hatte es etwas mit diesem Typen zu tun, der vorhin vor dir aus der Kneipe kam?«

Lina lächelte weiter vor sich hin, sagte aber nichts.

Aber ich wollte noch nicht aufgeben. »Komm schon, was hast du gemacht heute?«

Lina blieb unter einer Straßenlaterne stehen und sah mich an. »Ich habe heute Abend jemanden sehr, sehr glücklich gemacht«, wisperte sie mir schließlich ins Ohr, ehe sie uns allen noch mal winkte und die Stufen zur U-Bahn hinuntersprang. »Melde dich, wenn du mal wieder in der Stadt bist, ja?«

Ich nickte, und Pauline baute sich neben mir auf und sah ihr nach.

»Die ist ja nett. Aber sie hat ein Geheimnis, wenn du mich fragst. So groß wie das ganze Paralleluniversum.«

»Ja, denke ich auch. Aber was für eins? Sie hat gesagt, dass sie gerade jemanden *glücklich gemacht* hat.«

Konstantin nahm wieder meine Hand und zog mich langsam den Gehweg entlang, in Richtung der Pizzeria, wo wir uns mit meinen Eltern treffen wollten.

»Ich tippe ja auf Geheimagentin. Oder Detektivin, ein weiblicher Justus Jonas vielleicht«, sagte ich, während wir nebeneinander durch die Fußgängerzone schlenderten.

»Vielleicht hat sie den Typen von vorhin verkuppelt? Der hat so gestrahlt, und dann die hübsche Frau da an seinem Arm«, mutmaßte Konstantin, und Pauline nickte eifrig.

»Ja, das könnte ich mir auch vorstellen. Ist sie vielleicht Amor in Mädchengestalt?«

»Gibt's so was denn?«, fragte Nikolas.

Pauline antwortete: »Es gibt sogar Sprünge in unbekannte Parallelwelten. Warum sollte es also so was nicht geben?«

Konstantin und ich sahen uns an.

»So was gibt's hundertpro!«, sagte ich schließlich.

Zehn Minuten später erreichten wir die Pizzeria, in der Mum und Dad auf uns warteten. Die beiden hatten ein glückseliges Lächeln auf den Lippen und schworen Stein und Bein, dass Bea die ultimativ allerbeste Köchin der Welt sei. Und die netteste. Sogar mein Dad, der sich ja normalerweise in britischer Zurückhaltung übt, kam aus dem Schwärmen nicht mehr heraus.

Weil uns allen – außer Mum und Dad, die von ihrem Kochkurs noch pappsatt waren – schon mordsmäßig der Magen knurrte, schoben meine Eltern uns direkt alle Grissini und Brotkörbe auf dem Tisch zu, während wir in den Speisekarten schmökerten. Claire und Leonard wollten nachkommen, wer weiß, in welche Ecke der Stadt Claire ihren armen Freund auf der Jagd nach den coolsten Klamotten geschleppt hatte.

Selbst im Restaurant wichen Konstantin und ich uns gegenseitig nicht von der Seite. Mum grinste wegen meiner plötzlichen Anhänglichkeit an meinen Freund (weil sie ja wusste, dass ich in der Öffentlichkeit eher zurückhaltend war), und Dad guckte ein wenig unbeholfen. Aber das war mir für heute egal. Ich musste einfach seine Hand halten, um zu wissen, dass er hier bei mir war.

Wir saßen in einer Nische um einen großen Holztisch, auf dem kleine Kräutertöpfchen standen. Die Leute am Nebentisch bekamen gerade ihr Essen – riesige Pizzen aus hauchdünnem Teig und dickem Belag, die kaum auf den Teller passten. Fast jeder Tisch war besetzt, und die Gäste plauderten und lachten und stießen klirrend mit ihren Gläsern an. Dazu sang im Hintergrund Laura Pausini, und ein Kellner schwirrte sofort um uns herum und fing an, angeregt mit meinen Eltern zu plaudern.

»Ich bin im Himmel«, sagte Konstantin und steckte die Nase in die Speisekarte, während wir alle zustimmend murmelten und nickten.

Gerade, als wir unsere Getränke bekommen hatten, kamen Claire und Leonard durch die Tür. Sie schleppten mit beiden Händen Tüten, und Claire sah für ihre Verhältnisse total abgekämpft aus.

»Und, hast du die Boutiquen leer gekauft?«, fragte Pauline und deutete auf ihre Beute, die Claire neben unserem Tisch abgestellt hatte. Die zog nur eine Augenbraue hoch und ließ sich auf den freien Stuhl neben Mum fallen, Leonard quetschte sich neben Konstantin noch auf die Bank.

»Claire hatte heute keine Lust auf Shoppen. Eine knappe Stunde, nachdem wir uns vorhin getrennt hatten, ist sie zu mir in den Media-Store gekommen.«

»Heute gab es keine guten Klamotten«, sagte Claire, griff nach Paulines Apfelschorle und trank sie halb aus.

Meine beste Freundin war zu geschockt, um zu protestieren. »Es gab nichts? In der ganzen riesigen Stadt nicht? Wo du uns die ganze Zeit so in den Ohren gelegen hast, dass du deine zwanzig Lieblingsgeschäfte gar nicht würdest alle abklappern können?«

»Ich war heute nicht in Form.«

Pauline starrte sie mit offenem Mund an, und ich musste an mich halten, um nicht laut loszulachen. Eine Claire, die keine Lust auf Einkaufen hatte, konnte nur eins bedeuten :..

»Sie war mit mir im Media-Store und im Sportgeschäft. Ich hatte noch Gutscheine, von meinem Geburtstag, die hab ich alle eingelöst. Meine Freundin ist eine super Shoppingberatung.«

Das erklärte die vielen Tüten.

»Moment mal – du hast Leonards Tüten getragen?«

»Nur die leichten. Wieso schaut ihr mich eigentlich alle so an, als ob ich drei Köpfe habe?«

Sogar Mum musste lachen, als sie Claire die Karte gab. »Alles in Ordnung, Claire. Jetzt such dir etwas aus, wir haben mit dem Bestellen auf euch gewartet.«

Sie stöhnte und legte eine Hand auf den Bauch. »Ich bin am Verhungern. Ich nehme eine Pizza mit allem!«

Leonard grinste. »Ich auch. Dann kann ich dir von mir etwas abgeben, falls du nach deiner noch Hunger hast.«

Claire rollte nur mit den Augen und wandte sich uns zu.

»Und was habt ihr so gemacht? Irgendwas Aufregendes erlebt?«

Konstantin, Pauline, Nikolas und ich wechselten einen Blick.

Aufregend?

»Nö«, sagte Konstantin. »Nix Aufregendes. Ich war nur früher fertig im Media-Store und hab dann Vicky getroffen.«

»Ich war in der Unibuchhandlung«, sagte Pauline, und ich fügte hinzu: »Und ich beim Handyladen.«

Claire zuckte nur mit den Schultern – offenbar interessierte sie es dann doch nicht so sehr, was wir so getrieben hatten –, und in diesem Moment kam der Kellner und nahm unsere Bestellung auf.

Dass die Last des Tages endgültig von mir abgefallen war, merkte ich zwanzig Minuten später an meinem riesigen Appetit. Ich schaffte eine dreiviertel Pizza und eineinhalb Tiramisu, ehe ich mich völlig erschlagen zurücklehnte.

»Alles in Ordnung, Schatz?« Mum hatte den kurzen Augenblick genutzt, den Konstantin mich losgelassen hatte, um auf die Toilette zu gehen, und war zu mir aufgerutscht. Erschöpft legte ich den Kopf an ihre Schulter.

»Alles prima, Mum. Ich bin nur ein bisschen erledigt. Der Tag heute war … ziemlich anstrengend.«

»Ja, ich bin auch geschafft. Obwohl ich kaum gehen wollte, Bea ist echt ein Schatz, wir haben schon Nummern ausgetauscht, und sie will unbedingt mal ins *B&B* kommen, und wir wollen gemeinsam in diese Fotoausstellung gehen. Wir haben uns auf Anhieb super verstanden.«

Ich kuschelte mich näher an sie. »Ich fand sie auch nett, genau wie Lina. Ich glaube, ich rufe sie auf jeden Fall an, wenn wir das nächste Mal in der Stadt sind.«

»Hört sich gut an. Ich mochte sie gleich gut leiden, ich dachte auch sofort, dass du sie bestimmt mögen würdest. Auch wenn sie, na ja ...«

Ich warf ihr einen Seitenblick zu. »Was?«

Mum zuckte mit den Schultern. »Ach, ich weiß nicht. Sie hat sich ein bisschen geheimnistuerisch in Beas Küche herumgedrückt. Und dann, ohne etwas zu sagen, heimlich ihre Käsereibe mitgenommen, Bea hat sie hinterher ewig gesucht. Sie hätte doch einfach fragen können.«

»Ich hab sie mit der Käsereibe gesehen! Die hat sie in ihren Rucksack gesteckt. Zusammen mit ein paar anderen komischen Dingen, und dann alles mitgenommen. Ich habe sie darauf angesprochen, aber sie wollte mir nicht sagen, wozu sie die braucht. Oder wohin sie unterwegs war.«

Mum seufzte. »Ach, eigentlich geht uns das ja auch gar nichts an.« Sie drückte meinen Arm. »Jeder soll sein kleines Geheimnis haben, meinst du nicht?«

Als sie das sagte, schaute sie mich von der Seite an und lächelte. Und in Momenten wie diesen konnte ich nicht mit Sicherheit sagen, ob sie nicht doch von meiner Weltenspringerei wusste.

Oder zumindest ahnte.

Ich bezweifelte sehr, dass Tante Polly, die als einzige Erwachsene in die ganze Sache eingeweiht war, ihr etwas verraten hatte. Das hätte ihr selbst viel zu viel Ärger eingebrockt.

Aber wahrscheinlich konnte man als Tochter nichts verbergen. Nicht vor der eigenen Mutter.

Deshalb lächelte ich einfach zurück. »Auf jeden Fall.«

Als Konstantin wieder zurück war, die Gespräche am Tisch wieder in Gang kamen und Mum und Dad noch einmal von ihrem Kochkurs erzählten, nahm Konstantin meine Hand in seine und drückte sie fest.

Wir sahen uns an und mussten beide grinsen.

Was für ein Tag!

Und was für ein Leben – *unser* Leben.

Auch wenn ich heute zeitweise unsere Gabe verwünscht hatte, war ich jetzt umso froher. Froh, dass ich genau in dieser Parallelwelt lebte und in keiner anderen.

Und dass Konstantin und ich uns gefunden hatten.

Heute, und auch sonst.

Einen Tag später

Hallo, Lina, hier ist Vicky. Danke noch mal für deine Hilfe gestern, alleine hätte ich wohl nie den Handyladen gefunden! Und sorry, dass wir dich vor der Kneipe so überfallen haben.

Kein Problem, hab mich sehr gefreut, dich noch mal zu sehen. Seid ihr gut nach Hause gekommen?

Alles bestens. Mum hat mit Bea anscheinend schon ein Treffen ausgemacht, sie will in zwei Wochen wieder in die Stadt fahren.

Super – du kommst mit, oder???

Klar!

Cool, dann müssen wir uns sehen.

Total gerne. Aber sag mal ...

Was?

Darf ich noch was fragen?

Jaaa …?

Warum hattest du eine Parmesanreibe in deinen Rucksack gepackt? Und das ganze andere Zeug?

Das erzähle ich dir, wenn wir uns in zwei Wochen sehen. Vielleicht ;-)

Ich wusste es – du bist *doch* eine Detektivin!!!

☺☺☺ Bis bald, Vicky. Ich freue mich auf dich!

Epilog – Parallel-Konstantin

Eine Woche später

Seit einer Woche führe ich mich jetzt schon auf wie ein verrückter Stalker – aber ich kann einfach nichts dagegen machen. Meine Neugier ist nämlich noch größer als das Fragezeichen in meinem Kopf, das dieser Vorfall neulich dort hinterlassen hat.

Seit letztem Samstag steht mein Leben auf dem Kopf. Weil ich Dinge erfahren habe, die Einfluss auf alles haben werden, was ich mache. Ob ich will oder nicht.

Deswegen stehe ich auch hier am Schultor herum und tue so, als ob ich etwas in meinem Smartphone suchen würde. Dabei ist es noch nicht mal meine Schule – ich gehe auf die im Nachbarort. Dieses Gymnasium hier ist etwas größer, wie die Stadt, in der es liegt. Ein hässlicher Betonbau, den irgendjemand kanariengelb hat anstreichen lassen. Als ob sich wenigstens dadurch die Laune der Schüler heben würde, die hierherkommen mussten. (So wie die alle schauen, bezweifle ich, dass es funktioniert.) Ich kenne hier kaum jemanden, was aber gerade heute nicht so schlecht ist, wo ich möglichst unauffällig bleiben will.

Ich verändere meine Position um ein paar Schritte und lehne mich an den alten Kastanienbaum, der neben dem Tor steht. Von hier aus habe ich einen noch besseren Blick auf die Schüler, die gerade aus dem Haupteingang kommen. Ich habe extra die letzte Stunde bei uns geschwänzt, damit ich rechtzeitig hier sein konnte.

Nur, um sie kurz zu sehen.

Mittlerweile erkenne ich sie sofort, sogar aus der Ferne – was aber auch kein Wunder ist, schließlich habe ich ihr die ganze Woche schon heimlich irgendwo rein zufällig aufgelauert. Nichts, was ich im normalen Leben tun würde – aber was ist schon normal?

Überhaupt gar nichts.

Nichts, seit dieser Sache letzte Woche. Und seit der Nachricht, die ich hinterher auf meinem Handy gefunden habe.

Er hat mir alles aufgeschrieben – ganz kurz, in Stichpunkten, denn er wusste nicht, wie viel Zeit er in meiner Welt haben würde. Und obwohl ich mir seine Nachricht bestimmt hundertmal durchgelesen habe, versuche ich immer noch zu begreifen, was da passiert ist.

Nachricht an Konstantin – Teil I

Hey, das ist eine Nachricht für Konstantin. Von Konstantin. Wir haben gerade die Plätze getauscht – du steckst in meinem Körper und ich in deinem. Hört sich schräg an, ist es auch. Aber es geht wieder vorbei. Du befindest dich in einer Parallelwelt, die zeitgleich und parallel zu deiner Welt irgendwo im Universum unterwegs ist – oder wie immer man das nennt.

Ich bin du, und du bist ich. Und ich bin eigentlich gerade in der Stadt, mit Freunden. Mit Nikolas, Pauline, Leonard und Claire. Und Vicky, das ist meine Freundin. Wir haben uns zwar gerade kurz verloren, weil sie es nicht mehr in meine U-Bahn geschafft hat, aber vielleicht siehst du sie noch. Beziehungsweise – ihr anderes Ich. Denn Vicky springt zeitgleich mit mir in Parallelwelten und tauscht mit ihrem anderen Ich den Platz. Warum das so ist, würde jetzt zu lange dauern. Aber es kann heute noch mal passieren. Wie lange so was dauert, weiß man vorher nie. Am besten verhältst du dich still und sagst Nikolas oder Pauline Bescheid. Die sind eingeweiht, sonst niemand. Halte dich an die beiden, dann wird alles gut.

Ich war also in eine Parallelwelt gesprungen und hatte mit einer anderen Version von mir den Platz getauscht. Den Körper. Und er war so lange hier, in meiner Welt. Ich muss ziemlich dämlich geschaut haben, als ich erst in der U-Bahn und dann beim zweiten Mal plötzlich in diesem Computerladen stand, und ich glaube, ich hätte beinahe sogar einen kleinen Aussetzer vor Schreck gehabt, was extrem uncool gewesen wäre. Doch zum Glück war Nikolas da, ein vertrautes Gesicht. Jemand, den ich auch in meiner Welt kannte. Er sah mir sofort an, dass etwas nicht stimmte, und stellte die richtigen Fragen. Ob ich vor ein paar Sekunden noch ganz woanders war? Und ob es eben nach Zimtschnecken gerochen hatte, bevor *es* passierte?

Der *Sprung*. So nannte er es.

Ich konnte nur nicken, aber er hatte sowieso das Reden übernommen, mitten im Laden, zwischen einem Ständer mit HDMI-Kabeln und den neuesten BlueRay-Playern. Er erklärte mir das Ganze noch einmal – und ausführlicher –, mein anderes Ich hatte beim Handytippen ja nicht so viel Zeit gehabt. Die Sache mit dem Tauschen und so.

Und dass sich das Leben von dem Konstantin aus der anderen Welt und mein Leben vermutlich in einigen Details unterscheiden würden.

Das konnte man allerdings so sagen!

Bei ihm lief es echt anders – abgesehen von dieser ständigen Parallelweltspringerei, was an sich ja schon der Hammer ist. Wäre ich nicht so überrascht gewesen, hätte ich sicher sogar ein bisschen Spaß gehabt an der ganzen Aktion. Aber so …

Jedenfalls: Nikolas erklärte mir, dass wir beste Freunde waren. Wir kannten uns, wie gesagt, auch in meiner Welt, vom Computerclub, aber ich verbrachte sonst mehr Zeit mit Alex und Xaver. Als beste Freunde hätte ich uns deswegen nicht bezeichnet. Umso komischer war, wie vertraut er mit mir dort sprach. Als ob wir uns so ziemlich alles erzählten. Und ich war verdammt dankbar, dass er mir so gut geholfen hat, zusammen mit Pauline, seiner Freundin. (Die hat er übrigens auch in meiner Welt.)

Aber viel wichtiger als Nikolas fand ich dieses Mädchen.

Vicky.

Das war die Freundin meines anderen Ichs.

Und ich hatte sie noch nie zuvor gesehen.

Na ja, bis sie nach diesem langen Sprung am Samstag plötzlich vor der Eisdiele in unserer Nachbarstadt auf meiner Brust hockte und mich mit riesigen Augen anstarrte. Für ungefähr zwei Sekunden. Dann sprang sie auf, riss diesem anderen Typen eine Sporttasche von der Schulter und flüchtete über die Gemeindewiese, als ob ihre Hose brannte.

Inzwischen verstehe ich ihre Reaktion gut. Ich habe mir zusammengereimt, dass sie ja auch gesprungen sein muss, zeitgleich mit mir. Und genau wie ich so einiges erlebt hatte.

Und weil ich vor Neugier bald umkomme, wenn ich nicht endlich mit jemandem über diese ganze Sache reden kann (und weil ihre Augen mir irgendwie nicht aus dem Kopf gehen), habe ich mich auf die Suche nach ihr gemacht, hier, in meiner Welt.

Und sie gefunden. Sie geht in diese hässliche Schule.

Genau in diesem Moment kommt sie aus dem Gebäude.

Da.

Zusammen mit einem anderen Mädchen geht sie über den Hof, den Rucksack auf dem Rücken und einen Schlüsselbund in der Hand. Offenbar ist sie mit dem Fahrrad gekommen. Sie hat kinnlange braune Haare, die irgendwie niedlich aussehen, und sie ist klein, bestimmt einen Kopf kleiner als ich. Aber trotzdem wirkt sie nicht so zerbrechlich wie andere Mädels aus der Schule, im Gegenteil. Sie scheint verdammt stark zu sein. Vielleicht, weil sie so viel Sport macht, vor allem Schwimmen. Auch das habe ich schon herausbekommen. Ich habe letzte Woche jede Ressource genutzt, die mir zur Verfügung stand, und im Internet so einiges über sie gefunden. (Stalker hoch zehn. Egal.)

Also, sie heißt Victoria King, genannt Vicky. Fünfzehn Jahre alt, zehnte Klasse. Sie ist sehr aktiv im Schwimmverein, Leistungsgruppe eins. Das sind die, die richtig, richtig schnell sind. Die Besten. Die, die bei den deutschen Meisterschaften antreten und vielleicht mal sogar irgendwann bei den Weltmeisterschaften oder Olympia.

Vicky und ihre Freundin gehen an mir vorbei, ohne mich zu bemerken. Was gut ist. Das hier ist weder der richtige Ort noch die richtige Zeit, um sie anzusprechen. Aber genau das habe ich vor. Allein nach dieser Woche ist klar, dass sich unsere Wege nämlich nie zufällig treffen würden. Sie geht auf eine andere Schule, hat einen anderen Freundeskreis und betreibt Leistungssport, für den sie zweimal täglich trainiert. Jeden Tag.

Ich will sie kennenlernen.

Unbedingt.

Das Handy in meiner Hand beginnt zu vibrieren.

Isabella ruft an.

Ich starre so lange auf das Display, bis meine Freundin es irgendwann aufgibt und auflegt, und das Summen verstummt. Normalerweise bin ich nicht feige, aber ich habe im Moment keine Ahnung, was ich machen soll.

Beziehungsweise habe ich das schon. Denn das mit Isabella fühlt sich nicht richtig an. Ich glaube, am Anfang war ich wirklich ein bisschen verliebt und so – doch irgendwie hat das nachgelassen. Und inzwischen bin ich fast ein bisschen genervt von ihr. Sie ist so anhänglich und will jede freie Sekunde mit mir verbringen. Außerdem bildet sie sich ein, irgendwelche Ansprüche auf mich zu haben.

So richtig klargeworden ist mir das, als sie mir nach dem Sprung in die Parallelwelt die Hölle heiß gemacht hat. Von wegen, ich würde ihr etwas verschweigen und ob denn das mit der Biene überhaupt stimmen würde.

Biene? Von welcher Biene sprach sie bloß?

Ich verstand nur Bahnhof und war noch viel zu benommen von meinem unwirklichen Erlebnis, um ihren Vorwürfen etwas entgegenzusetzen.

Doch eins wurde mir an diesem Abend klar: Isabella und ich führten gar keine echte Beziehung. Denn ich dachte nicht im Traum daran, ihr zu erzählen, was mir passiert war.

Und sollte man sich in einer echten Beziehung nicht vertrauen?

Plus: Mein anderes Ich hat eine ganz andere Freundin. Eine, mit der er offenbar *sehr* glücklich ist. Das hat er mir in deutlichen Worten zu verstehen gegeben. Und hat mich damit zum Nachdenken gebracht.

Gibt es so etwas wie wahre Liebe? Also – den einzigen Menschen, für den man vorherbestimmt ist? Oder ist das romantischer Nonsens?

Ich hab keine Ahnung. Aber es lässt mich nicht los, ich muss es einfach wissen. Und deswegen werde ich meinen Plan weiterverfolgen, sie anzusprechen.

Und ich weiß auch schon den perfekten Ort. Und zwar in der Eisdiele, in der wir uns zum ersten Mal begegnet sind. Und wenn ich von jetzt an jeden Nachmittag dort herumsitze und mich nicht zwischen Himbeer und Pistazie entscheiden kann.

Ich warte drei lange Nachmittage. Am vierten Nachmittag bin ich versucht, es einfach bleiben zu lassen. Vielleicht sollte ich es doch im Schwimmbad versuchen. Aber dann mache ich mich noch ein letztes Mal auf den Weg. Isabella ist mit ihren Eltern unterwegs, was mir gerade recht kommt. Ich glaube, sie hat bereits gemerkt, dass etwas nicht stimmt. Dass wir nicht dasselbe wollen. Morgen werde ich mit ihr reden, das ist nur fair.

Aber jetzt muss ich mich erst mal hierauf konzentrieren.

Ich beschließe diesmal, mich nicht in die Eisdiele zu setzen (der Eisverkäufer starrt mich schon immer ganz komisch an), sondern halte mich nur in der Nähe der Eisdiele auf.

Da kommt sie. Sie ist mit dem Fahrrad unterwegs, die Sporttasche um die Schultern gehängt, die Haare zerzaust, als ob sie sie gerade irgendwie trockengerubbelt hatte nach dem Schwimmen und keine Zeit aufs Föhnen verschwenden wollte.

Ich warte, bis sie ihr Rad abgestellt und das Schloss abgesperrt hat, ehe ich auf sie zugehe. Als sie die drei Stufen hinaufgehen will, die zur Theke führen, stelle ich mich ihr in den Weg, und sie bleibt abrupt stehen.

Jetzt oder nie. Nicht lange nachdenken, einfach machen.

»Hallo, ich bin Konstantin. Und ich … ich würde dich gerne kennenlernen.«

Nicht der einfallsreichste Satz, aber mir fällt beim besten Willen nichts anderes ein. Verdammt, dabei hatte ich doch so lange Zeit, mir etwas Besseres zu überlegen!

Vicky sieht mir lange in die Augen, so dass ich denke, sie könnte sehen, wie ich innerlich zittere. Aus Angst davor, dass sie mich jetzt hier einfach stehen lässt.

Ich hab keine Ahnung, warum ich plötzlich so aufgeregt bin, sogar meine Hände sind ganz schwitzig. Normalerweise fällt mir bei Mädels immer etwas ein, ein lockerer Spruch, und die Stimmung ist gut. Ich habe nie Probleme, neue Leute kennenzulernen.

Aber das hier ist anders.

Ich will unbedingt, dass sie mich mag, obwohl ich sie ja gar nicht kenne, denn etwas in mir sagt mir, dass ich mich auf mein anderes Ich verlassen kann.

Deswegen ist mir das hier so … wichtig.

»Du willst mich kennenlernen? Warum?«, fragt sie jetzt, doch es klingt nicht vorwurfsvoll, und fast atme ich schon ein bisschen auf.

»Weil … mir jemand von dir erzählt hat.«

»Wer denn?«

Ich atme schwer aus. Das wird jetzt ein bisschen kniffelig. »Ein Freund. Ein sehr guter Freund.«

Sie kneift die Augen zusammen und legt den Kopf schief, als ob sie dadurch erkennen könnte, ob ich die Wahrheit sage.

»Wer ist denn dein guter Freund?«

Soll ich ihr verraten, dass es mein anderes Ich war? Und soll ich sie jetzt schon damit konfrontieren, dass ich weiß, dass auch sie in einer anderen Welt gewesen ist? Oder hebe ich mir das lieber auf für einen späteren Zeitpunkt?

Ich vergrabe meine zittrigen Hände tiefer in den Taschen meiner Jeans.

»Jemand, der mir gesagt hat, dass wir uns gut verstehen würden.«

Vicky schluckt, und ich kann förmlich sehen, wie es in ihrem Kopf arbeitet. In diesem Augenblick bin ich mir sicher, dass sie an ihre Parallelweltsprünge letzte Woche denkt. Ich habe zwar keine Ahnung, was sie da erlebt hat, aber vielleicht hat die andere Vicky ihr ja auch eine Nachricht hinterlassen.

Und plötzlich, wie zur Bestätigung, fängt sie an zu nicken.

Mein Herz setzt einen Schlag aus, als sie mir langsam die Hand hinstreckt.

»Hallo. Ich bin Vicky.«

Schnell nehme ich ihre Hand, die klein und weich in meiner liegt. Und die dorthin passt wie sonst nichts.

Plötzlich weiß ich überhaupt nicht mehr, was ich sagen wollte. Oder denken. Nur, dass ich ihre Hand eigentlich gar nicht wieder loslassen will. Und dass ich verdammt froh bin, genau jetzt genau hier zu sein.

Ich muss mich räuspern. »Darf ich dich auf ein Eis einladen?«

Bitte sag ja.

Sie lächelt vorsichtig und zieht ihre Hand zurück. Sofort wird meine ganz kalt.

»Okay.«

Ich atme auf. »Cool.«

Wir gehen in die Eisdiele und bleiben vor der Theke stehen, zum Glück ist nichts los. Vorhin hat es geregnet, es sind nicht so viele Leute unterwegs.

Doch sie sieht sich nicht das Eis an, oder den Verkäufer, der uns jetzt fragt, was wir wollen. Sie sieht mir in die Augen, und zwar ununterbrochen. Ich glaube, Isabella hat mich noch nie so angesehen. Die sieht entweder auf meine Haare oder meinen Mund oder, ich weiß auch nicht, auf alles eben – aber Vicky schaut mich *richtig* an.

Und da bin ich sicher, dass der andere Konstantin wirklich recht hatte mit seiner letzten Nachricht.

Und dass ich alles dafür tun werde, dass ich das hier nicht vermassele.

Dass das hier ein Anfang sein würde.

Nachricht an Konstantin – Teil II

Vicky ist anders als die anderen Mädchen – zumindest meine Vicky, in dieser Welt. Meine Freundin, seit genau 97 Tagen und 19 Stunden. (Falls wir doch noch einmal Welten tauschen: Verrate ihr nicht, dass ich mitzähle. Sie würde dich und mich vermutlich ewig damit aufziehen, obwohl ich mein neues Skateboard verwetten würde, dass sie es selbst auch tut.)
Jedenfalls – Vicky ist … alles. Sie ist witzig und klug und lustig, und alles macht viel mehr Spaß, wenn sie mit dabei ist. Und wenn sie sich so richtig aufregt und einen roten Kopf bekommt, mag ich sie ganz besonders.
Ich mag auch ihre ganze Familie – sogar ein bisschen ihre Großeltern, obwohl die echt schräg sind und so ein Durcheinander gestiftet haben, weshalb Vicky und ihre Eltern echt zu leiden hatten. Glücklicherweise hat sich das aber alles aufgeklärt, und seit dem großen Knall

sind die beiden extrem darauf bedacht, nicht noch mal so eine Aktion zu starten.

Was ich sagen will (und dass du es auch wirklich kapierst, denn du bist ich, und ich bin nun mal manchmal schwer von Begriff): Vicky ist mein Ein und Alles.

Und damit du gleich Bescheid weißt: Ich habe nicht vor, sie jemals wieder gehen zu lassen – das weiß sie aber noch nicht, sonst würde sie sich vermutlich vor Angst in die Hose machen. Oder an meiner geistigen Zurechnungsfähigkeit zweifeln.

Aber ich bin mir ganz sicher.

Ich liebe sie, für immer.

Und du solltest auch ganz bald damit anfangen.

Liebe Leserinnen und Leser,

ja, das war es schon, das Sequel zur ›ZIMT‹-Trilogie, ursprünglich als kleine Zugabe zur Trilogie gedacht, quasi ein Abschluss nach dem Abschluss, der – euch und mir – das Abschiednehmen ein bisschen leichter machen sollte.

Doch es kommt ja immer anders, als man denkt. Nach einer Pause, in der ich die ›GLÜCK‹-Trilogie über Lina und die Sache mit den Wünschen geschrieben habe, war Vickys Stimme plötzlich wieder ganz laut in meinem Kopf – mit wilden Geschichten aus ganz neuen Parallelwelten und spannenden Abenteuern in ihrer Kleinstadt.

Und deshalb freue ich mich riesig, dass es inzwischen eine zweite Staffel mit Vickys Abenteuern gibt!

Der erste Band ›ZIMT – Auf den ersten Sprung verliebt‹ ist der Auftakt einer ganz neuen Geschichte in drei Teilen, in der Vicky plötzlich in nie da gewesenen Schwierigkeiten steckt. Zum Glück sind Konstantin und ihre Freunde an ihrer Seite und unterstützen sie in der bisher aufregendsten Zeit ihres Lebens – denn durch ihre Sprünge gerät Vicky plötzlich in eine ziemlich brenzlige Situation …

Eine Leseprobe davon findet ihr gleich auf den nächsten Seiten.

Seid ihr dabei?

Eure Dagmar Bach

Willst du wissen, wie es mit Vickys Abenteuern
in der zweiten Staffel weitergeht?
Hier kannst du schon mal
in den ersten Band reinlesen – viel Spaß!

Leseprobe

1

»Vicky! Tür zu!«

Schnaufend stemmte ich mich von innen gegen die Haustür. Ich hatte mich beeilt, ins *Bed & Breakfast* zu kommen, aber der warme Frühlingswind war an diesem Morgen mindestens genauso schnell gewesen. Ich rieb meine Augen, die eine Ladung Blütenstaub abbekommen hatten, und schüttelte meine Haare. Ein paar Blätter hatten sich in ihnen verfangen, die jetzt auf den Boden fielen.

»Musstest du so viel Schmutz mit hereinbringen?« Meine Oma, die gerade die Treppe herunterkam, sah mich missbilligend an.

O nein. Meiner Großmutter war ich so früh am Morgen noch nicht gewachsen. Wobei – was machte sie eigentlich schon hier unten?

Es war Samstag um kurz vor neun, und normalerweise hätte ich mich zu dieser Uhrzeit noch einmal wohlig in die Kissen gekuschelt. Leonard aus meiner Klasse hatte gestern Abend Geburtstag gefeiert, und mein Freund Konstantin hatte mich spät nach Hause gebracht. *Zu spät* für meine Verhältnisse. Aber Claire hatte sich um Mitternacht als Ariana Grande verkleidet und ihm ein Ständchen gesungen, und in diesem Moment die Party zu verlassen hätte definitiv mehr Willenskraft erfordert, als ich aufbringen konnte.

Deswegen war ich noch hundemüde. Allerdings hatte mich mein knurrender Magen aus dem Bett getrieben, in der Hoffnung auf drei Tassen Tee und zwei von Mums legendären Croissants. Blöd war nur, dass a) von Mum und Dad bei uns zu Hause keine Spur zu sehen war und b) unser Kühlschrank genauso leer war wie der Akku meines Handys. Dabei hatte ich in den frühen Morgenstunden von leckerem Kuchen geträumt, der Geschmack lag mir förmlich auf der Zunge.

Also hatte ich mir schnell ein paar Klamotten übergestreift und war zwei Häuser weiter ins *B&B* meiner Mum gelaufen. Ursprünglich war es das Haus meiner Großeltern, die jetzt noch das Dachgeschoss bewohnten, doch Mum hatte es schon vor Jahren zu einer schnuckeligen und sehr beliebten Frühstückspension im britischen Stil umgewandelt. Mit Schwerpunkt auf Frühstück!

Ich pflückte mir noch ein verirrtes Blütenblatt von der Jacke und schnupperte in freudiger Erwartung. Mums Buffets waren legendär: von frisch gebackenen Croissants und Scones und Brot über diverse vegetarische Brotaufstriche, selbst gebeiztem Lachs, Marmite, Lemon Curd und leckere Eierspeisen bis hin zu aufgeschnittenem Obst – meine gesamte Klasse und die halbe Schule beneideten mich glühend um das *B&B*.

»Ist Mum in der Küche?«, fragte ich, und plötzlich kreischte Oma auf.

»Küche!«, rief sie aus und starrte mich an.

Ich starrte zurück, denn irgendwie kam sie mir noch merkwürdiger vor als sonst. Obwohl Oma schon über sechzig ist, hat sie einen ziemlich gewagten Kleidungsstil, und man weiß praktisch nie, welche Verrücktheit sie als Nächstes trägt. In ihrem Schrank hängt alles von Funkenmariechen-Kostümen über Pannesamtkleidern bis hin zu Neoprenanzügen. Doch an diesem Tag sah sie besonders unheimlich aus: Sie steckte von Kopf bis Fuß in einer Art schwarzem Zweiteiler, über dem sie eine fliederfarbene Schürze mit Spitzenrand trug. Eine Art Viktorianisches-Dienstmädchen-Look. Total abgefahren.

»Ja, Küche«, wiederholte ich vorsichtig. »Das ist dieser Raum am Ende des Flurs, in dem man Sachen kocht. Meist stehen ein Kühlschrank drin und ein Backofen und …«

Ich schnupperte wieder, diesmal allerdings irritiert. Was war denn das für ein Gestank? Gleichzeitig ertönte ein schrilles Fiepen durch den Flur.

»O nein, ich habe die Madeleines vergessen!«, rief Oma in diesem Moment, machte auf dem Absatz kehrt, sprintete los und riss die Tür zur Küche auf. Graue Rauchschwaden schlugen uns entgegen.

Ich sauste hinter Oma her und hielt mir den Ärmel meines Pullis vor die Nase, weil mir schon nach Sekunden der Qualm in den Augen brannte. Von Mum war keine Spur zu sehen.

»Terrassentür und Fenster auf«, befahl ich, doch ich staunte, dass Oma bereits in voller Aktion war. In Notsituationen stand sie normalerweise eher herum und nörgelte.

Schon hatte sie den Backofen ausgeschaltet, und während ich die Fenster und Türen zur Veranda aufriss, zerrte sie einen

Stuhl zu sich heran, stieg darauf und fummelte am Rauchmelder rum, der mit jeder Minute enervierender piepte.

»Der weckt uns noch die Gäste«, knurrte sie, »wie stellt man den nur aus?« Und als er sich nicht beruhigen ließ, riss sie das Ding kurzerhand samt Dübeln aus der Decke, so dass kleine Bröckchen Putz in alle Richtungen flogen.

Vorsichtshalber brachte ich mich auf der überdachten Terrasse in Sicherheit und schielte von da in Richtung Backofen. Vor lauter Qualm war nicht viel zu erkennen, aber immerhin sah ich keine lodernden Flammen.

»Wo ist Mum? Und warum bist du schon so früh auf?«

Normalerweise schlafen meine Großeltern bis mittags. Oder sie stehen so früh auf, dass sie morgens um acht schon wieder müde sind. Auf jeden Fall ist ihr Schlafrhythmus schön gästefreundlich. Denn wenn meine Großeltern täglich mit am Frühstückstisch säßen, liefe das *B&B* bestimmt nicht so gut, sagte Mum immer.

Oma grunzte. »Meg hat heute Vormittag einen Termin mit diesem Versicherungsfritzen. Hoffentlich denkt sie an die Gebäude- und Hausratsversicherung. Das hier zeigt mal wieder, wie wichtig es ist, immer ausreichend versichert zu sein.«

Fast hätte ich meinen Mund nicht wieder zugekriegt. Was tat diese Frau hier und was hatte sie mit meiner Oma gemacht? Hatte sich Opa neulich nicht fürchterlich aufgeregt, dass die Typen von der Versicherung alles Halsabschneider und Betrüger wären? Dabei war er es gewesen, der steif und fest behauptet hatte, dass der Schaden an seinem Kotflügel von einem herabfallenden Tannenzapfen verursacht worden war und nicht durch den massiven Betonpoller, gegen den er beim Rückwärtsfahren gesetzt hatte.

»Vicky, was ist denn passiert? Brennt es bei euch?«, ertönte da eine Stimme hinter mir.

Ich wirbelte herum. Zwischen den beiden großen Rhododendren, die Mum als Sichtschutz zur Straße gepflanzt hatte, erschien das Gesicht unserer Nachbarin Frau Rabe.

Jeder normale Mensch hätte sich (und, wenn er nett war, auch mich) schon allein bei der Vermutung, dass meine Oma gerade die Küche abfackelte, in Sicherheit gebracht. Nicht so Frau Rabe. Die war so neugierig, dass sie trotz ihres hohen Alters und ihrer kaputten Knie in zwei flotten Sprüngen auf die Veranda hopste, mich zur Seite schob und versuchte, einen Blick in die Küche zu erhaschen.

»Die Feuerwehr kommt gleich«, rief sie zu Oma hinein. »Ich hab direkt dem Herbert Bescheid gegeben.«

»Was soll ich mit der Feuerwehr?«, rief Oma von drinnen. »Hier ist alles unter Kontrolle! Ich hab nur die Madeleines im Ofen vergessen.«

»Ja, ja. *Alles unter Kontrolle*«, plapperte Frau Rabe unbeirrt weiter. »Das denkt jeder. Der Kollege von meinem Schwiegersohn auch, der kam nachts heim – sternhagelvoll, wenn ihr mich fragt – und hat sich noch 'ne Pizza in den Ofen geschoben. Tja, und dann isser auf der Couch eingeschlafen, die mussten am Ende das ganze Haus evakuieren. Acht Parteien!«

In diesem Moment hörten wir Sirenen, die sich schnell näherten, und kurz darauf hielt ein Löschzug mit vier Wagen in unserer Straße. Motoren liefen, Autotüren knallten, und Befehle wurden gebellt.

Oma begann zu fluchen. »Die kommen mir nicht ins Haus!«

Frau Rabe neben mir stellte sich auf die Zehenspitzen und lehnte sich so weit über unser Verandageländer, dass ich sie vorsichtshalber an ihrer Jacke festhielt, damit sie nicht darüberpurzelte.

»Vielleicht sollten wir ein bisschen aus dem Weg gehen«, schlug ich vor, aber sie hatte die Füße samt Gesundheitsschuhen fest in den Boden gestemmt und schüttelte so vehement den Kopf, dass ihre grauen Löckchen flogen.

»Aber hier ist es spannender«, raunte sie mir zu.

Tatsächlich kamen da schon ein paar Feuerwehrleute in kompletter Montur samt Atemschutz in den Garten gejoggt, den Schlauch im Anschlag.

»Weg vom Brandgeschehen!«, rief einer der Männer, während ein anderer wild gestikulierte und auch irgendwas sagte, aber ich verstand kein Wort.

»Die reden wie der große Mann aus diesem Sternen-Film, der mit der Maske«, sagte Frau Rabe, und während ich noch überlegte, wen sie meinen könnte, tauchte meine Oma im Türrahmen zur Küche auf.

Breitbeinig stand sie in der Öffnung wie eine Spinne, die ihr Netz bewacht, und plärrte: »Hier gibt es kein *Brandgeschehen*. Ihr könnt sofort wieder abrücken. Und wagt es bloß nicht, mit diesen Stiefeln in die Küche zu kommen, wir haben den Boden erst neu eingelassen!«

Jeder in unserem kleinen Ort kannte meine Großeltern und

wusste, wie speziell sie waren. Aber selten hatte ich Oma so furchteinflößend erlebt wie jetzt gerade. Sie sah aus wie Medusa, die die Feuerwehrleute mit ihren bösen Blicken sofort zu Stein erstarren lassen wollte.

Und tatsächlich blieben die Männer verunsichert stehen und schielten zwischen dem im Hintergrund qualmenden Backofen und Oma hin und her. Als ob sie sich nicht sicher waren, worauf sie den Schlauch zuerst richten sollten.

»Wir haben unsere Anweisungen«, röchelte der eine aus seiner Maske heraus, und die anderen beiden grunzten zustimmend.

»Papperlapapp«, keifte Oma. »Ihr seid doch nur heiß darauf, irgendetwas zu löschen. Aber hier bestimme ich, was passiert!« Sie drehte sich in unsere Richtung und funkelte Frau Rabe an. »Und ich bestimme auch, wann der Herbert angerufen werden muss und wann nicht!«

Herbert war der Feuerwehrkommandant unserer Stadt, der Gott sei Dank gerade um die Ecke in den Garten kam.

»Scheint wirklich alles in Ordnung zu sein. Ich war gerade kurz drinnen – ohne Schuhe!«, sagte er schnell mit einem Blick auf Oma. »Falscher Alarm. Beziehungsweise – gerade noch gut gegangen.«

»Sag ich doch«, schnauzte Oma.

»Das konnte ich ja nicht wissen!«, ereiferte sich Frau Rabe wieder, die ganz rote Wangen bekommen hatte. »Stellt euch mal vor, wenn es wirklich gebrannt hätte! Da zählt jede Minute! Ihr könnt froh sein, dass ihr so eine aufmerksame Nachbarin habt.«

Aus einem Reflex heraus legte ich einen Arm um sie und drückte ihre Schulter. »Sie haben das ganz richtig gemacht, Frau Rabe«, sagte ich tröstend. »Schließlich konnten Sie nicht wissen, dass es nur das Gebäck war.«

»Genau!«, sagte sie schnaufend und sah mich dankbar an.

Oma grummelte etwas Unverständliches und machte sich daran, die Feuerwehrleute von der Veranda zu schieben.

»Alles in Ordnung, ihr habt es ja gehört. Und jetzt *husch, husch*, weg mit euch!«

Die Männer murmelten noch etwas in ihre Atemschutzmasken, von dem ich sicher war, dass es nicht für unsere Ohren bestimmt war, verzogen sich aber, nachdem auch Herbert ihnen mit einer Geste zu verstehen gegeben hatte, dass ihr Auftrag hier erledigt war.

Es dauerte nicht lange, bis auf der Straße die Motoren der Einsatzfahrzeuge wieder gestartet wurden, und auch Frau Rabe trollte sich. Allerdings erst, nachdem ich ihr versprochen hatte, dass Mum sie bald zu Tee und Scones einladen würde, als Dankeschön für ihren Einsatz, und das schien sie zu versöhnen.

Wo blieb Mum nur? Und warum überließ sie den Versicherungskram nicht Dads Büro? Er war Anwalt, und Mum war heilfroh, solche Sachen bei ihm abladen zu können, seit sie wieder zusammengekommen waren.

Oma werkelte mittlerweile in der Küche, als ob nichts passiert wäre.

»Warum warst du eben so garstig zu den armen Feuerwehrleuten?«, fragte ich durch die offene Tür. »Ich dachte, der Herbert ist ein Kumpel von dir und Opa?«

»Ich weiß, ich weiß. Aber ich konnte nicht riskieren, dass die rausfinden, wer bei uns übernachtet«, meinte Oma und kramte unter der Spüle herum.

»Wieso? Wer übernachtet denn hier?«

Oma tätschelte mir die Schulter, als sie wieder an mir vorbei nach draußen schlüpfte und mit hektischen Bewegungen anfing, den Verandatisch abzuwischen.

»Am besten decken wir draußen, dann müssen die Gäste nicht in dieser Räucherkammer frühstücken«, sagte sie statt einer Antwort. »O Gott, ich glaub, ich hab schon was gehört oben. Los, schnell, Vicky. Ich reiche dir die Sachen aus der Küche, und du deckst den Tisch. Ah, Dietrich, da bist du ja.«

Erstaunt sah ich zu meinem Opa, der in die Küche kam. Genau wie meine Oma, die jetzt wie ein Wiesel zum Kühlschrank fegte, war auch er nicht wiederzuerkennen, denn er war komplett angezogen – und damit meine ich mit Stoffhose und Hemd. So ein Outfit hatte er zuletzt getragen, als meine Großeltern ihr altes Motorrad zum Schrottplatz gebracht haben. Letzte Ehre und so. Für Gäste, geschweige denn für uns, hatte er sich noch nie so fein gemacht.

Merkwürdig.

Und meine Oma – sie war selten so … effizient und überlegt in dem, was sie tat.

Wirklich merkwürdig. Hoffentlich hatte sie ihre Blutdrucktabletten nicht überdosiert.

»Dietrich, du musst sofort zu den Ludwigs fahren und frisches Gebäck holen, unseres ist verbrannt«, wies Oma ihn an. »Für sechs – ach, rechne lieber für acht Gäste.«

Ich wappnete mich, dass Opa gleich anfangen würde zu protestieren. Normalerweise rührte er keinen Finger für das *B&B*, weil Mum verantwortlich war, und er schaffte es immer, sich aus solchen Situationen herauszuquatschen. Ich sah mich in Gedanken schon wie eine Irre zur Bäckerei rennen, damit das mit dem Frühstück noch hinhaute.

Doch Opa nickte nur knapp, drehte sich auf dem Absatz um und verschwand.

Und *das* war mal richtig gruselig.

Oma drückte mir aus der offenen Tür ein voll gepacktes Tablett in die Hand, und ich begann, den Tisch zu decken, damit ich etwas zu tun hatte und sich meine Nerven wieder etwas beruhigen konnten.

Wie blöd, dass ich mein Handy zu Hause am Ladekabel gelassen hatte. Ich musste dringend Mum und Konstantin Bescheid geben, dass alles mit mir und im *B&B* in Ordnung war. Denn es war nur eine Frage der Zeit, bis sich Frau Rabe ans Telefon hängen würde. Und dann käme es in unserer Kleinstadt innerhalb von Minuten zu einer Kettenreaktion , die kaum zu stoppen wäre. Ich tippte darauf, dass bald Gerüchte kursierten, wie Herbert unsere Gäste mit der Drehleiter vom brennenden Dach hatte holen müssen, bevor das *B&B* zu einem Häufchen Asche herunterbrannte und nur noch das Metallschild über dem Eingang mit den goldenen Krönchen übrig blieb. Es wäre nicht das erste Mal, dass die Phantasie mit den Bewohnern unseres Ortes durchgehen würde.

Was mich persönlich aber gerade noch mehr beschäftigte, war mein Magen, der sich laut grummelnd meldete.

»Wie viele Gäste sind es gleich?«, fragte ich Oma.

»Sechs.«

Ich begann, die Teller zu verteilen.

»Warum deckst du denn für sieben?«

»Weil ich auch noch nicht gefrühstückt habe?« Ich unterdrückte ein Augenrollen. Das war doch total klar. Schließlich war ich genau deshalb hergekommen.

»O nein, das wirst du schön bleiben lassen!«

Erstaunt sah ich meine Oma an. »Wie bitte?«

»Ich hab doch gesagt, dass die Band nicht gestört werden will.«

»Ich will ja nicht stören, ich will nur frühstücken! Und welche Band überhaupt?«

»Frühstücken kannst du auch in der Küche.«

Sprachlos starrte ich meine Oma an. Jetzt war sie völlig durchgedreht. Bis vor einem halben Jahr habe ich im *B&B* gewohnt. Und jeden einzelnen Tag hier gefrühstückt. Und seit ich mit Mum und Dad zwei Häuser weiter lebte, machte ich das immer noch ganz oft.

Tja, bis heute, offensichtlich.

Oma war zwischenzeitlich wieder ins Kücheninnere verschwunden und hielt mir jetzt erneut das Tablett hin, diesmal mit verschiedenen exotischen Marmeladen, einer Schüssel mit Honigwaben und Schälchen mit diversen Aufstrichen.

»Wir stellen alles auf den Tisch statt ein Buffet anzurichten, das wird hoffentlich in Ordnung sein. Oh, und hier sind die Schilder. Nix vertauschen, hörst du?«

Ich sah auf die Kärtchen, die sie mir in die Hand gedrückt hatte.

Belugalinsen-Balsamico-Aufstrich
Erdnuss-Dattel-Streichcreme
Mandel-Rucola-Paprika-Pesto
Seit wann hatte Mum denn solche Aufstriche? Und hatte sie die Zettel selbst gestaltet? Auf dem Tisch dekoriert sahen sie richtig hübsch aus.

Opa war mittlerweile auch wieder zurück, samt Gebäck für eine halbe Kompanie. Ich war gerade dabei, die letzten Sachen zu arrangieren, als ein schlanker Mann in Jeans und Shirt in der Küche auftauchte. Offenbar gehörte er zu den Übernachtungsgästen. Er trug einen Hipsterbart, schaute allerdings nicht ganz so hip, sondern ziemlich misstrauisch.

»Oh! Guten Morgen! Haben Sie gut geschlafen?« Oma umschwirrte unseren Gast mit tausend Fragen. »Tee? Kaffee?« Und es täte ihr so schrecklich leid, es hätte einen kleinen Unfall mit dem Gebäck gegeben, aber das Frühstück stünde schon auf der Terrasse bereit.

Herrje, hoffentlich war Mum bald wieder da. Es war nur noch eine Frage der Zeit, bis Oma sich richtig danebenbenahm. Das tat sie nämlich immer, und heute hatte sie schon so lange einen Lauf in Sachen Normalverhalten gehabt, dass sicher ganz bald der Absturz kam.

Doch der Gast achtete nicht auf Oma, sondern ging nur nervös zwischen Küche und Terrasse hin und her und sah dabei aus, als wäre er vom Ordnungsamt persönlich. Er wirkte steif und angespannt, obwohl er total leger gekleidet war. Sofort war ich froh, dass ich mir beim Tischdecken so große Mühe gegeben hatte.

»Die Band kommt gleich runter, ich wollte nur sehen, ob Sie auch … entsprechend vorbereitet sind. Und *diskret*«, sagte er, und bei seinem letzten Wort sah er mich unverwandt an. »Denk nicht mal dran, dein Handy zu benutzen. Keine Fotos, keine Videos, keine Tonaufnahmen. Am besten gibst du es mir. Bevor wir nachher abreisen, bekommst du es wieder.« Er hielt mir abwartend seine ausgestreckte Hand hin.

Ich war gerade dabei, mir ein Croissant zu sichern, das nicht mehr in den Brotkorb gepasst hatte, doch ich erstarrte in meiner Bewegung.

»Wie meinen Sie denn das?«

Er durchbohrte mich mit seinem Blick. »Wenn gleich die Band kommt, lässt du sie in Ruhe, ja? Keine Autogrammwünsche, keine Handyfotos, nix. Ansonsten verklagen dich die *Porters*.«

Ich schluckte. Irgendwie war ich komplett im falschen Film, denn ich wusste überhaupt nicht, wovon er da sprach.

»Wie heißt die Band noch mal?«

»Vicky, jetzt reicht's aber!« Oma schob mich vor sich her in die Küche. »Nimm dir was zu essen, und dann verkrümele dich irgendwohin.«

Ich verfluchte mich jetzt wirklich, dass ich mein Handy nicht dabeihatte. Was für eine Band denn bitte schön? Mum hätte mir doch längst erzählt, wenn spannende Gäste im *B&B* abgestiegen wären, das tat sie immer. (Nicht, dass das jemals passiert wäre, aber trotzdem.)

Ich schnappte mir einen Teller für mein Croissant und das Familienglas Schokocreme und setzte mich demonstrativ auf die Eckbank in der Küche. Erst mal was essen, ich war schon ganz zittrig. Sollten Oma und der Typ doch machen, was sie wollten.

Während ich mir mein Hörnchen fingerdick bestrich, kamen nacheinander drei Frauen und zwei Männer in die Küche. Alle sahen noch ziemlich verschlafen aus, hatten zerknautschte Klamotten an und echt tiefe Augenringe.

»Kaffee«, murmelte eine Frau wie ein Mantra, und ich lächelte. »Guten Morgen. Frühstück gibt's heute auf der Terrasse. Und den Kaffee auch.«

»Danke«, stöhnte sie und stolperte gefolgt von den anderen nach draußen.

Okay, das war also die *Band*? Fünf müde Erwachsene mit Birkenstockschlappen und Frisuren wie Tiffy aus der *Sesamstraße*?

Ich holte mir noch ein Brötchen, doch als ich mir eine Tasse aus dem Schrank nehmen wollte, stutzte ich. Seit wann waren die Küchenmöbel so dunkel? Lag das am Rauch? Normalerweise waren die Fronten in einem hellen Grau lackiert, aber heute sahen sie irgendwie anders aus. Überhaupt hatte Mum umgeräumt. Sie hatte mir zwar schon erzählt, dass sie einiges ändern wollte – aber in so kurzer Zeit?

Ein flaues Gefühl machte sich in meiner Magengegend breit. Und das lag nicht am überzuckerten Frühstück, das ich gerade eingeschoben hatte.

Draußen auf der Veranda lachten die Gäste, und Oma umschwirrte sie wie eine gute Fee, die es allen recht machen wollte.

Was ging hier vor? Wer waren diese Leute? Und warum war Oma so … unomahaft?

Ich ging zum Küchenschrank und nahm das iPad, das dort die ganze Zeit gelegen und das der merkwürdige Typ zum Glück noch nicht entdeckt hatte, und verzog mich damit ins Wohnzimmer, wo man mich von der Terrasse aus nicht sehen konnte. Der Hipster erschien mir so unberechenbar, dass er mir das Tablet bestimmt aus der Hand reißen würde, wenn er mich damit erwischte.

Mit fliegenden Fingern gab ich in die Suchmaschine *Porters* ein.

Über drei Millionen Ergebnisse.

What???

Ich ließ mich aufs Sofa sinken und scrollte nach unten. Das waren sie, unverkennbar. Die drei Frauen und zwei Männer, die gerade draußen auf der Terrasse saßen und frühstückten.

Ich entdeckte diverse Alben, die allesamt an mir vorbeigegangen waren, doch am meisten beeindruckten mich die Aufnahmen von ihren Live-Auftritten. Die fünf füllten doch tatsächlich große Hallen und Arenen! Zigtausende von Menschen waren bei denen auf den Konzerten.

Ich fragte mich gerade ernsthaft, auf welchem Planeten ich lebte. Da hatten die eine riesige Fanbase, zwei ihrer Lieder waren Top-Twenty-Titel – und fast eine Million folgten ihnen auf Instagram.

Und sie wohnten bei uns im *B&B*!

Ich sah mich um. Ganz aufmerksam, zum ersten Mal an diesem Morgen. Bisher war ich ja quasi nur draußen auf der Veranda gewesen. Aber wäre meiner Oma nicht das Missgeschick mit den verbrannten Madeleines passiert, wäre es mir vielleicht viel eher aufgefallen.

Wobei, da hätte es bei mir eigentlich schon klingeln müssen. Meine Oma konnte noch nicht mal Pfannkuchen backen, geschweige denn Madeleines!

Die Unterschiede lagen im Detail.

Mum hatte das hier eingerichtet – daran hatte ich keinen Zweifel. Aber während bei uns am großen Panoramafenster Vorhänge aus dunkelrotem Jacquardstoff hingen, waren diese hier cremefarben. Genau wie die Polster der Couch. Kein großflächiges Blumenmuster wie bei uns zu Hause, sondern alles einen Tick zurückhaltender.

Und auch meine Großeltern waren nicht dieselben.

Genau in diesem Moment stieg mir ein Zimtschneckengeruch in die Nase, als ob er mir beweisen wollte, dass ich recht hatte. Und mir wurde klar, dass ich überhaupt nicht in meiner eigenen Welt war, sondern mich in einer Parallelwelt befand, in der ich nie zuvor gewesen war.

Das passierte mir nicht zum ersten Mal. Ganz und gar nicht. Und so verflixt aufregend und supergeheim diese Fähigkeit war, sie erforderte höchste Konzentration. Sobald der Sprung, eingeleitet von Zimtschneckenduft, erfolgte, musste ich mich von null auf hundert in der anderen Welt zurechtfinden. Niemand durfte merken, dass er es nicht mit der normalen Vicky zu tun hatte, die derweil in meiner Welt herumturnte.

Deswegen waren es auch ganz schlechte Voraussetzung, wenn man diesen Sprung schlichtweg – verschlief.

Und genau das musste mir passiert sein. Ich hatte mich nach dem Aufwachen bereits in dieser anderen Welt befunden und es noch nicht mal gemerkt.

Kein Wunder, dass ich von Kuchen geträumt hatte.

Und mit dieser Erkenntnis sprang ich zurück nach Hause.

Wo ich – wie der Zufall so wollte – am Küchentisch des *B&B* landete. In einer Küche, die nicht wegen verbrannter Madeleines verqualmt war, sondern genauso aussah, wie ich sie in Erinnerung hatte.

»Vicky, Schatz, ist alles in Ordnung? Du bist so ruhig heute Morgen.«

Eine bekannte Stimme drang zu mir, und ich sah auf.

Meine Mutter stand vor mir, in der Hand einen Teller mit frisch aufgeschnittenen Früchten, und sah mich besorgt an.

Eine Welle der Erleichterung schlug über mir zusammen.

Ich war wieder zu Hause.

In meiner eigenen Welt.

»Alles in Ordnung, Mum«, sagte ich und lächelte. »Ich war nur kurz … woanders. Aber jetzt bin ich ganz bei dir. Und hab riesigen Hunger!«

2.

»Pauline, du hörst mir überhaupt nicht zu!«, sagte ich und knuffte sie liebevoll in die Seite.

Meine beste Freundin warf mir einen strengen Blick über den Rand ihres Buches zu. »Stimmt. Aber nur, weil wir mit ziemlicher Wahrscheinlichkeit in der nächsten Stunde einen Test in Wirtschaft schreiben werden.«

Ich seufzte. Innerlich bohrte sich das schlechte Gewissen tief in meinen Magen, aber ich war so hibbelig, dass ich einfach nicht stillsitzen konnte. Pauline und ich verbrachten die große Pause auf dem Hof in einer unserer Lieblingsecken, an der Außenwand der Kunstsäle direkt neben dem Eingang zum Schulgarten. Von hier hatte man einen guten Überblick, und außerdem war diese Nische windgeschützt und schon im Frühling superwarm, wenn die Sonne schien. Wobei die sich heute im Gegensatz zu gestern noch nicht hatte blicken lassen.

»Ich weiß, du willst lernen, aber –«

»Ja, ich *will* lernen. Und du solltest es, ehrlich gesagt, auch machen, wenn du nicht ins offene Messer vom Völke laufen willst.«

»Ach was, wir haben doch erst neulich einen Test geschrieben! So fies ist der nicht.«

Herr Völke war unser Wirtschaftslehrer. Engagiert, jung, dynamisch *und* sogar mit einem guten Musikgeschmack. Okay, dass er Wirtschaft unterrichtete, brachte ihm nicht unbedingt Pluspunkte von meiner Seite, dafür gab er auch Sport, und das machte die Sache wieder wett. Ich hatte mir zwar sagen lassen, dass er fachlich in Wirtschaft unheimlich gut war, aber das war etwas, das ich so wenig beurteilen konnte wie die Fußballergebnisse vom Wochenende. Außerdem hatte ich gerade für die freie Marktwirtschaft keinen Kopf, denn es gab unendlich viel wichtigere Themen.

»Ach, komm schon, Pauline. Ich bin seit einer halben Ewigkeit nicht mehr gesprungen. Das letzte Mal war vor über zwei Monaten! Und jetzt, wo es wieder so weit ist, willst du nichts darüber hören?«

»Nicht korrekt. Ich habe alles darüber gehört. Gestern, den halben Nachmittag. Und heute Morgen vor der Schule. Und während Französisch und Deutsch«, murmelte sie, ehe sie mit den Zähnen den Deckel von ihrem Textmarker zog, um in ihren Aufzeichnungen etwas zu unterstreichen. »Und nachher höre ich es mir gerne noch mal an. Aber nicht jetzt.«

Unglücklich schaute ich mich um, doch meine Stimmung hellte sich schlagartig auf.

»Oh. Sieh mal. Die Jungs kommen.«

Pauline blickte von ihrem Buch auf, und mir entging das kurze Lächeln nicht, das über ihr Gesicht huschte, als sie Nikolas und Konstantin auf uns zukommen sah.

»Hallo, Ladys«, sagte Nikolas und beugte sich zu Pauline, um ihr einen Kuss auf die Wange zu drücken. Er und Pauline waren seit dem letzten Sommer zusammen, fast genauso lange wie Konstantin und ich.

Konstantin begrüßte mich auch – allerdings mit einem schnellen Kuss auf den Mund, und seine Lippen waren so weich, dass ich kurz in Versuchung geriet, mich an ihn zu klammern und einfach den Rest der Pause mit ihm durchzuknutschen. Machte ich natürlich nicht, aber ich seufzte enttäuscht, als er sich wieder zurückzog.

Wie war es eigentlich möglich, dass ich mich immer mehr in meinen Freund verliebte, je länger ich mit ihm zusammen war? Ich dachte immer, dass die ersten Wochen die aufregendsten sind, aber bei uns hatte ich das Gefühl, als ob es immer schöner wurde. Und kribbeliger. Und … spannender. Jedenfalls waren die berühmten Schmetterlinge in meinem Bauch immer noch ziemlich nervös, und zwar jedes einzelne Mal, wenn sie Konstantin sahen.

Was aber vielleicht an diesem Tag auch mit etwas anderem zu tun hatte.

»Und, hast du deinen Sprung gestern gut verdaut?«, raunte er mir ins Ohr, und ich nickte, während ich mich vorsichtshalber umsah. Es wäre fatal, wenn jemand unser Gespräch über dieses Thema belauschen würde, aber wir hatten Glück. In dieser Ecke des Pausenhofs waren wir im Moment ganz unter uns.

Denn die Sache mit den Parallelweltsprüngen ist ziemlich brisant – und eben supergeheim. Nur Pauline und Nikolas wissen davon, und meine Tante Polly, weil die an allem schuld ist.

Es ist so: Konstantin und ich verlassen hin und wieder unsere eigene Welt – also, unseren Körper – und schlüpfen in den von Parallel-Ichs von uns. In irgendeinem Paralleluniversum. Fragt mich bitte nicht, wo genau diese Universen liegen. Davon habe ich keine Ahnung. Ich weiß nur, dass es hin und wieder ganz stark nach Zimtschnecken duftet und ich mich im nächsten Augenblick in einem anderen Körper wiederfinde. In einem anderen Ich. Und von diesen anderen Victoria Kings gibt es unzählige. Für jede Entscheidung, die man selbst oder jemand anders trifft und die den eigenen Lebensweg auf irgendeine Weise beeinflusst, gibt es ein anderes Universum. So stelle ich es mir jedenfalls vor. Ein praktisches Beispiel: In der ersten Klasse hatten wir ein ziemlich fieses Mädchen in der Klasse. Pauline und ich haben uns gegen sie zusammengetan und wurden dadurch die allerbesten Freundinnen. Hätte ich mich damals allerdings mit Claire zusammengetan und wäre sie meine beste Freundin geworden, wäre mein Leben in manchen Bereichen mit Sicherheit ganz anders verlaufen.

Es gibt also unzählige Varianten meines eigenen Lebens – und in eine davon schlüpfe ich, wenn ich den Zimtschneckengeruch rieche. Und die Vicky aus dieser anderen Welt schlüpft in meinen Körper und muss sich in meiner Weltenvariante zurechtfinden, während ich wiederum in ihrem Leben versuche, nicht aufzufallen und möglichst wenig Schaden anzurichten, bis wir wieder zurücktauschen.

Das ist so gesehen schon ein ganz schöner Hammer, aber es kommt noch besser: Konstantin springt auch seit einer Weile, glücklicherweise immer zeitgleich mit mir.

Die Ursache der Parallelweltsprünge liegt in speziellen Bonbons meiner verrückten Tante. Die hatte Polly vor vielen Jahren in einem ihrer wahnhaften wissenschaftlichen Erfindungsanfälle hergestellt, und sie bewirken, dass man durch den Raum reisen kann. Ich hatte als Kind völlig unwissentlich von ihnen genascht und Konstantin letztes Jahr. Wir haben leider keine Kontrolle darüber, wann und wo wir springen, aber die Fähigkeit bleibt. Vorstellen muss man sich das in etwa wie die Geschichte damals mit Obelix und dem Zaubertrank. Nur ohne die Wildschweine.

Jedenfalls haben wir seitdem den ganzen Ärger, pardon: die spannenden Ausflüge am Hals. Es sei denn, man verpennt das Ganze schlichtweg.

»Ich kann's immer noch nicht glauben, dass du nichts vom Sprung mitbekommen hast«, sagte ich.

Konstantin grinste schief. »Sorry, aber ich war so müde. Ich hab mich wohl einfach noch mal umgedreht und nix gemerkt. Und außerdem …« Er beugte sich ein Stück zu mir und stupste mich mit dem Ellbogen an, »du warst ja auch nicht sofort im Bild, als du aufgestanden bist.«

Das würde ich mir wohl noch eine ganze Weile anhören müssen. Konstantin hatte sich vor Lachen nicht mehr halten können, als ich ihm gestehen musste, dass ich die ganze Episode im *B&B* nicht als Parallelweltsprung erkannt hatte.

»Aber wenigstens hab ich was erlebt. Gibt's eigentlich was Neues von eurer App?«

Bis jetzt hatte Pauline für uns ein Logbuch geführt, das im Grunde eine normale Tabelle war, aber Konstantin und Nikolas entwickelten gerade ein Programm, mit dessen Hilfe wir in

Zukunft unsere Sprünge noch besser würden dokumentieren können.

»Seit gestern Abend nicht. Du bist ganz schön ungeduldig!«

»Weil ich Angst habe, etwas Wichtiges zu vergessen«, erwiderte ich.

Pauline schnaubte. »Du hast mir alles erzählt. Du hast es Konstantin erzählt. *Und* du hast dabei die Diktierfunktion vom Handy mitlaufen lassen.«

»Ja, schon, aber ich bin eben unsicher. Dieser Sprung hat sich irgendwie anders angefühlt. Sonst merke ich immer, wenn was nicht stimmt, aber diesmal war alles täuschend echt, dass ich … einfach darüber reden *muss*! Und das kann ich eben nur mit euch.«

Pauline zog die Augenbraue hoch. »Kein Grund, so hibbelig zu sein.«

»Das bin ich schon die ganze Zeit. Tante Polly meint, das liegt am Mond. Der steht wohl gerade ungünstig. Ob der auch Einfluss auf die Sprünge hat?«

»Solange er nicht für den Wirtschaftstest gleich ungünstig steht, ist mir alles egal.« Pauline hatte sich von Nikolas gelöst und wieder damit angefangen, wie eine Wilde Textstellen in ihren Unterlagen zu unterstreichen.

Unglücklich sah ich ihr dabei zu, und als sie etwas von *Gleichgewichtspreis* und *magischem Sechseck* vor sich hinmurmelte, wurde mir dann doch ein bisschen unwohl, und ich zog halbherzig mein Heft aus dem Rucksack.

Leider läutete in diesem Moment die Schulglocke.

Pauline behielt recht. Wie immer. Und ich wiederum hätte mir am liebsten selbst in den Hintern getreten dafür, dass ich nicht auf sie gehört hatte.

Dabei hatte es eindeutige Vorzeichen gegeben. Herr Völke war einfach zu … *nett*. Dass er nebenbei Sport unterrichtete, war vermutlich seine Taktik, um uns Schüler in falscher Sicherheit zu wiegen. Denn normalerweise waren die Sportlehrer ja unangefochten die coolsten Lehrer der Schule. Damit hatte er uns ganz geschickt getäuscht – Pauline ausgenommen, denn die war schon immer viel schlauer als alle in meiner Klasse zusammen, mich eingeschlossen.

Also, wie gesagt – ich hätte es wissen müssen. Schon bei seinem fiesen Lächeln, als er an diesem Tag den Stapel Blätter für den Test aus seiner Tasche herausholte, war mein Untergang praktisch beschlossene Sache. Und ich hätte schwören können, dass er unsere Panik in vollen Zügen genoss.

Ich konnte Paulines Blick auf mir spüren, aber ihr Ich-hab's-dir-ja-gesagt-Augenbrauen-Hochziehen konnte ich in der Situation genauso wenig brauchen wie diese Prüfung.

Die gute Nachricht war: Der Test war relativ schnell vorbei.

Die schlechte: Ich war grandios untergegangen. Von fünf Fragen hatte ich mit viel Glück eineinhalb richtig. Und das reichte noch nicht mal ansatzweise für eine Vier.

Als Herr Völke unsere Prüfungsblätter wieder einsammelte, hatte ich das Gefühl, dass er mir besonders fies zulächelte (er hat unglaublich spitze Eckzähne, war mir das vorher je aufgefallen?), und im Nachhinein kann ich es mir nur so erklären, dass dieses Lächeln der Auslöser für meine hirnverbrannte Aktion war, die daraufhin folgen sollte. Mir mussten schlicht und einfach die Sicherungen durchgebrannt sein.

Es war nicht das erste Mal, dass ich in meiner Schullaufbahn bei einem Test versagt hatte, wirklich nicht. Ich hatte mich trotz aller schulischen Niederlagen immer im soliden Mittelfeld bewegt, womit ich völlig zufrieden war. Deshalb würde mich eine schlechte Wirtschaftsnote jetzt auch nicht ins Verderben stürzen. Aber dieses süffisante Lächeln mit den spitzen Vampirzähnen brachte mich in diesem Augenblick innerlich zum Überschäumen.

Als der Unterricht schon längst weitergegangen war, griff meine Hand praktisch wie von selbst zu meinem Kuli und begann, an den unteren Rand meines Hefts kleine Bilder zu krakeln.

Bilder eines Männchens mit sehr spitzen Eckzähnen, das an einem Galgen hing. Das von einer steilen Klippe fiel. Das von einem Bagger überrollt wurde. Ein Mini-Skelett in einem Sarg, bei dem nur Knochen und Eckzähne übrig geblieben waren.

Einen ganz kurzen Moment war ich erstaunt über mich selbst, wie gut ich Herrn Völke mit so wenigen Strichen getroffen hatte. Vielleicht sollte ich mich doch ein wenig mehr in Kunst engagieren, hatten die hier in der Schule nicht sogar einen Comickurs –

»Vicky«, zischte Pauline da neben mir, und eine Sekunde später spürte ich ihren spitzen Ellbogen in den Rippen.

»Aua, was soll –«

»Victoria.« Ein Schatten fiel auf unsere Tischplatte, und direkt vor mir stand Vampi.

»Oh. Hi«, sagte ich und schob meinen Arm geistesgegenwärtig über mein Heft. Neben mir hörte ich Pauline leise aufstöhnen, aber ich ignorierte sie.

Und konzentrierte mich darauf, einfach weiterzulächeln.

»Darf ich fragen, was du da tust?« Die Vampirzähne glänzten im Licht der grellen Deckenlampe.

»Ich schreibe mit?«

»Was hab ich denn als Letztes gesagt?«

Mein Puls beschleunigte sich auf 180. Verdammt, musste der seine Augen immer überall haben? Und, was, verflucht nochmal, hatte er gesagt?

Ich beugte mich einen Millimeter zu Pauline, die meinen Hilferuf natürlich sofort verstand.

Leider auch Herr Völke. »Ich frage nicht Pauline, ich frage dich.«

Ich schob mein Heft noch ein Stück zu mir heran und wagte schließlich, ihm in die Augen zu sehen.

»Ich hab gerade das Datum notiert, da habe ich einen Moment nicht aufgepasst.«

»An den unteren Rand deines Heftes?«

»Damit ich oben mehr Platz für meine Aufzeichnungen habe.«

»Lass doch mal sehen.« Vampis Lächeln war wölfisch geworden.

»Ach, das ist doch nur das Datum«, erwiderte ich leichthin und winkte ab. »Das haben Sie doch schon tausendmal gesehen.« Ich deutete mit dem Stift an ihm vorbei in Richtung Tafel. »Wir können jetzt gerne, äh … weitermachen.«

Das spöttische Gemurmel meiner Mitschüler blendete ich aus.

Einfach nur lächeln, Vicky. Immer weiterlächeln.

Doch Herr Völke war offenbar zum Raubtier geboren, denn er schlug so blitzartig zu, dass ich es nicht hatte kommen sehen.

Schneller, als ich gucken konnte, hatte er sich mein Heft geschnappt und versuchte jetzt, es unter meinen Ellbogen hervorzuziehen.

Das durfte ich auf keinen Fall zulassen!

Mit beiden Händen erwischte ich die andere Seite meines Heftes, und eine Sekunde später zerrten wir es zwischen uns her wie zwei Hunde einen dicken Knochen.

Es war entwürdigend.

Und Vampir-Völke war sehr viel stärker als ich.

In einem Moment zog ich noch am Heft – und im nächsten krachte ich mit dem Brustkorb gegen die Tischkante, nachdem er es mir ruckartig entrissen hatte.

»Uff«, entfuhr es mir, als die Luft aus meinen Lungen gepresst wurde.

Herr Völke schien sich dagegen null dafür zu schämen, dass er mir eventuell eine Rippenprellung beschert hatte. Stattdessen sah er sich meine Zeichnungen mit unbewegtem Gesichtsausdruck an.

Ich spürte, wie ich knallrot anlief. Ich war nie jemand gewesen, der besonders frech zu Lehrern war, ich habe gerne meine Ruhe und lasse anderen den Vortritt.

Das hier war ein Albtraum.

»Du hast mich gut getroffen«, sagte Herr Völke schließlich, immer noch mit unbewegter Miene, doch seine Augen schienen kleine Blitze in meine Richtung zu schicken. »Das soll ich doch sein, oder?«

Ich schloss kurz die Augen. »Das … war eine Übersprunghandlung«, murmelte ich. »Es tut mir leid.«

»Du bist sehr kreativ.«

»Ich möchte einen Comiczeichenkurs machen.« O Gott, hatte ich das wirklich gerade gesagt?

Herr Völke zog die Augenbrauen hoch, und zu meinem endgültigen Entsetzen drehte er mein Heft um und hielt es hoch, so dass alle aus meiner Klasse meine kleinen Hasszeichnungen sehen konnten.

»Eure Klassenkameradin hat ganze Arbeit geleistet, findet ihr nicht?«

Keiner sagte einen Mucks. Wenn es hart auf hart kommt, halten wir zusammen.

»Natürlich wollen wir hier an der Schule eure Kreativität, so gut es geht, unterstützen, gerne auch in allen künstlerischen Disziplinen. Aber bitte das nächste Mal nicht in Wirtschaft, in Ordnung?«

Ich nickte zaghaft.

Er sah mich lange an, ehe er mir wieder mein Heft reichte. Mit zitternden Händen nahm ich es entgegen und legte sofort wieder meine Unterarme über die Zeichnungen.

Herr Völke drehte sich langsam um und ging wieder nach vorne. Ich wagte kaum zu atmen. Konnte es sein, dass es vorbei war?

»Dann machen wir mal weiter nach diesem kleinen … Zwischenspiel. Schlagt Seite 83 in eurem Buch auf, wir schauen uns jetzt noch mal genauer die Einflussfaktoren auf Angebot und Nachfrage an.« Leises Geraschel und Gemurmel folgten, und während ich mich auf meinem Platz besonders klein machte und eifrig begann, in meinem Buch zu blättern, sagte er: »Ach, und Victoria: Natürlich hat das ein Nachspiel. Du wirst ein Referat halten, zwanzig Minuten, PowerPoint und Handout.«

Ich schluckte. War ja klar, dass er mich nicht ohne Strafe davonkommen lassen würde.

»Über welches Thema?«, fiepte ich.

Herr Völke zeigte seine Zähne, während er lächelte. Langsam kam er auf mich zu. »Nachhaltiges Wirtschaften in Hotellerie und Gastronomie. Das ist ja praktisch ein Heimspiel für dich, oder?«

Ich nickte matt. »Mach ich. Bis wann?«

Jetzt stand er direkt vor mir. Noch mehr Vampirzähne. »Das überlege ich mir noch. Sei einfach vorbereitet. Und falls du mich nicht überzeugst« – schon hatte er seine Klaue ausgestreckt und sich so schnell mein Heft geschnappt, dass ich kurz davon überzeugt war, dass er wirklich übernatürliche Kräfte haben müsste –, »macht das hier« – er wedelte mit dem Heft wie mit einer Trophäe – »einen kleinen Besuch im Direktorat«.

Erschienen bei Fischer Sauerländer Taschenbuch

Hedderichstraße 114, 60596 Frankfurt am Main
ISBN 978-3-7335-0712-1

DAGMAR BACH
ZIMT
& versteckt
DIE VERTAUSCHTEN WELTEN DER VICTORIA KING
Das Bonus-Oster-Kapitel
KJB

Zimt und versteckt

Es war noch nicht mal elf Uhr am Vormittag, aber ich war schon aufgedreht wie nach fünf Gläsern Cola am Abend.

»Ich glaube, ich habe hier noch nie so viele Menschen auf einem Haufen gesehen«, raunte Konstantin mir zu, als wir zusammen mit ungefähr fünfzig Leuten auf unserer Veranda standen und nach meiner Mum Ausschau hielten.

»Ich auch nicht. Hoffentlich hält der Boden – nicht dass wir durchbrechen und gleich ein paar Meter weiter unten stehen. Ah, schau mal, ich glaube, jetzt tut sich was!« Ich stellte mich auf die Zehenspitzen, um besser sehen zu können.

»So ein Gedränge hab ich das letzte Mal erlebt, als ich auf dem Rolling-Stones-Konzert war«, sagte Tante Polly neben mir, die wie wir mitten im Gewühl feststeckte. »Da wollten auch alle ganz vorne sein, weil sie Angst hatten, dass die alten Herren von der Last ihrer Gitarren gleich von der Bühne gezogen werden, das war was. Aber dass Meg einen ähnlichen Andrang an einem ganz normalen Ostersonntag schafft, das hat es noch nie gegeben.«

Tante Polly hatte recht. Normalerweise war es um diese Zeit eher ruhig in unserem *B&B* – nicht aber dieses Jahr. Mum hatte sich nämlich in den Kopf gesetzt, das zehnjährige Bestehen ebenjenes *B&Bs* richtig zu feiern. Und so rief sie die Stammkundenwoche ins Leben: Rund um Ostern würden alle, die schon mal zu Gast waren, einen fetten Rabatt bekommen, wenn sie noch mal buchten. Und anscheinend waren sehr viele unserer Kunden Schnäppchenjäger – die Gästezimmer waren ratzfatz ausgebucht, inklusive aller Zustellbetten und Schlafsofas.

Aber der Rabatt war noch nicht alles. Mum war nämlich der Ansicht, dass wir alle gemeinsam Ostern feiern sollten – ganz klassisch, mit Eiersuchen und so.

»Stellt euch doch mal vor, wie spaßig das wäre, wenn wir alle zusammen im Garten nach Nestern suchen, oh, ich seh's schon vor mir!«, hatte sie gesagt. »Da gibt es so ganz bezaubernde Mininestchen aus Schokolade, in denen winzige Pralineneier liegen, hab ich diese Woche bei Frank entdeckt, ich muss gleich mal fragen, ob ich die noch bestellen kann …«

Tja, wer meine Mum schon mal live erlebt hatte, der konnte sich vielleicht da schon denken, dass es weder beim Garten noch bei Mininestchen bleiben würde. Dad und ich jedenfalls hatten uns während ihrer glühenden Rede nur über den Frühstückstisch hinweg angesehen und gegrinst – wir kannten sie schließlich. Und so waren wir auch nicht überrascht, als sie kurze Zeit später besagtes Stammkundenwochenende inklusive großem Osterbrunch auf die Beine gestellt und aus lauter Vorfreude noch jede Menge Freunde eingeladen hatte, die mitfeiern sollten. Von den Mininestchen war auch nur noch das *Nest* geblieben – mittlerweile waren die nämlich so groß, dass sogar ein ausgewachsener Seeadler draufgepasst hätte.

Drei riesige Körbe sind es geworden, vollgefüllt mit den leckersten Naschsachen und kleinen Päckchen drin, und sie standen just in diesem Moment auf unserem Verandatisch und markierten die Hauptpreise. Und wenn ihr euch jetzt fragt – Preise? Nun ja … einfach nach den Nestern zu suchen war Mum natürlich viel zu langweilig. Sie wollte, dass wir uns ein bisschen anstrengen mussten, und so hatte sie kurzerhand eine Schnitzeljagd organisiert. Und zwar nicht nur durch Haus und Garten, nein – durch das ganze Städtchen. So richtig mit allem Drum und Dran.

»Und jetzt mal bitte Ruhe, damit ich die Regeln erklären kann!« Mum hatte sich auf einen Hocker gestellt und schaute auf uns herab.

Es war mittlerweile später Vormittag. Alle Gäste hatten ein ausgiebiges Frühstück hinter sich, Mums und auch meine Freunde waren eingetrudelt, und alle waren jetzt offenbar ganz heiß aufs Eiersuchen – ich sah nur strahlende Gesichter um mich herum, die Mum gespannt anschauten. Das Wetter spielte zum Glück auch mit – es war zwar ein bisschen bewölkt und kühl, aber es regnete nicht. Alles lief wie geplant.

»Wie schön, dass ihr so zahlreich erschienen seid! Und ich gehe jetzt einfach mal davon aus, dass ihr meinetwegen da seid und nicht wegen der Nester«, sagte Mum zwinkernd, und alle lachten.

Fast alle. Bis auf das Röschen. Jaaa, die war auch wieder da. Mitsamt ihren Wallekleidern, Doppelkinnen und dem überdimensionierten Goldschmuck. War aber eigentlich klar, dass sie als Erstes bei uns vor der Tür stand, wenn es was billiger gab. Mum war zuerst auch ein bisschen schockiert, als sie ihre Reservierung entgegennahm, aber seit wir nicht mehr selbst im *B&B* wohnten, sondern mit Dad ein paar Häuser weiter, nahm sie unseren bis dato unbeliebtesten Gast ganz locker. Und wenigstens hatte das Röschen dieses Mal ihren nervigen Beo nicht mehr dabei, obwohl meine Tante Polly ihn so gerne wiedergesehen hätte. Sie hatte ihm in seinem kurzen Aufenthalt bei uns nämlich so viele neue Wörter beigebracht, dass sie sich mit ihm fast so flüssig unterhalten konnte wie mit Opa.

Aber nicht nur das Röschen war wieder da, sondern auch – und das war mir fast noch unangenehmer – Ben mit seiner Familie. Konstantin war davon zuerst gar nicht begeistert, er hatte Ben nie leiden können, letzten Sommer, schließlich hatte er zu jeder Gelegenheit hemmungslos mit mir geflirtet. Doch jetzt war er ein bisschen lockerer – Ben hatte nämlich diesmal seine Freundin dabei, und mit der schien er an der rechten Hand zusammengewachsen zu sein, so dass er mich gar nicht mehr richtig ansah.

Zum Glück hatten Konstantin und ich noch einmal über die schwierige Zeit letzten Sommer mit Ben gesprochen – beziehungsweise er hatte mir von seiner Eifersucht erzählt. Das war damals, nachdem wir uns nach dem großen Krach wegen wiederum *seiner* superanhänglichen Exfreundin Lara an Tante Pollys Einweihungsparty wieder versöhnt hatten. Nur beim Gedanken daran musste ich lächeln, und ich drückte mich unwillkürlich an ihn, obwohl er schon den Arm um mich gelegt hatte.

»Jetzt wird's spannend«, flüsterte er mir zu und sah wieder zu Mum. Noch nicht mal *uns* als Familie oder ihren Freunden hatte sie verraten, was genau sie vorhatte mit der Schnitzeljagd. Nur, dass wir auch mitmachen durften, und dass es ganz tolle Preise zu gewinnen gab.

»Also, ihr werdet in Zweierteams antreten. Ja, ihr dürft euch eure Partner selbst aussuchen, keine Sorge. Also, jedes Team hat eine andere Farbe, ich erkläre euch das mal am Beispiel von Vicky und Konstantin.« Sie wandte sich uns zu. »Ihr beiden seid Team Hellblau. Das heißt, ihr müsst nach hellblauen Eiern suchen wie diesem hier.« Sie hielt besagtes Ei nach oben. Es hatte die Größe eines normalen Hühnereis, war aber aus Plastik, und man konnte es in der Mitte aufschrauben. Aus seinem Inneren förderte Mum einen kleinen Zettel zutage.

»Auf dem hier seht ihr, wo das nächste Ei versteckt ist. In dem gibt es dann wiederum den nächsten Hinweis und so weiter. Sammelt alle Eier ein – insgesamt zehn Stück – und bringt sie mit, das letzte führt euch wieder hierher. Ihr habt alle unterschiedliche Routen, die aber gleich lang sind – na ja, so ziemlich. Und die ihr ausschließlich zu Fuß gehen werdet, ja? Niemand radelt oder skatet!« Sie warf meinem Freund einen Blick zu, der grinsend nickte. »Die drei Teams, die am schnellsten zurück sind, bekommen die Hauptpreise. Gibt's noch Fragen?«

Mum strahlte in die Runde, und das zustimmende Gemurmel aller Anwesenden bestätigte ihr, wie gut ihre Idee mit der Schnitzeljagd war. Scheinbar hatten alle schon lange den unausgesprochenen Wunsch gehegt, wieder sechs Jahre alt zu sein und Kindergeburtstag zu feiern, jedenfalls sah ich um mich herum nur leuchtende Augen. Und sogar Mums Wangen glühten vor Freude.

»Ob das Röschen überhaupt mitmacht?«, flüsterte Pauline mir ins Ohr, die sich zusammen mit Nikolas an meine Seite durchgekämpft hatte.

»Keine Ahnung, ich dachte eigentlich, die bleibt mit Oma und Opa hier auf der Veranda und verdrückt die Reste vom Büfett. Aber sie hat sich gerade ihre Jacke geholt, schau mal. Und sie hat Sneakers an, ich werd' verrückt. Wen hat die eigentlich dieses Mal dabei? Ich dachte, die wollte ein Einzelzimmer?«, fragte ich und schielte an Pauline vorbei, um einen besseren Blick auf ihren Begleiter zu werfen. Der Mann war so dünn wie hoch, trug einen grauen Wollmantel mit rotem Seidenschal und vermutlich ein Toupet.

»Das ist ihr Freund«, raunte Claire, die mit Leonard an der Hand zu unserer Linken auftauchte. »Ich hab gesehen, wie die sich geküsst haben.«

»Echt jetzt?«, riefen Pauline und ich wie aus einem Mund, und wir fielen beide fast um, weil wir so komische Verrenkungen machen mussten, um sie zu sehen.

»Wie gut, dass ihr nicht neugierig seid«, sagte Nikolas und verdrehte die Augen.

»Ja, aber es ist doch das Röschen, da muss man doch mal –«

»So, und jetzt geht's los!«, rief meine Mum da über das allgemeine Stimmengewirr hinweg und schaute auf einen Zettel.

»Ich lese mal die Teams mit den Farben vor, bitte merkt sie euch. Die ersten Eier sind hier im Garten versteckt, darin bekommt ihr dann die Hinweise für die zweite Station. Also, Vicky und Konstantin: Team Hellblau. Pauline und Nikolas: Team Rosa. Claire und Leonard: Mintgrün. Ben und Sophie: Marineblau. Tante Röschen und, äh, Partner: Rot. Polly und Frank: Sonnengelb. Gertrud und Hildegard: Lila.« Mums Liste war ziemlich lang, es waren knapp zwanzig Teams, die mitmachten. Nur ein paar wenige wollten lieber hierbleiben und sich mit Häppchen und Prosecco vergnügen, die Mum bereitgestellt hatte.

Dementsprechend groß war das Gewusel, als alle gleichzeitig nach dem Startschuss die Verandastufen hinunter in den Garten drängten, um das erste Ei zu suchen.

Konstantin und ich schnappten uns das Vorführei von Mum und betrachteten den ersten Hinweis. Es war ein Foto von einem eingepflanzten Buchsbaum, der aussah wie die Lockenfrisur von Gertrud aus Gelsenkirchen: gelb und braun und ein bisschen vertrocknet.

»Der könnte überall stehen!«, stöhnte Konstantin, aber ich starrte verbissen auf das Bild, bis mir eine Idee kam. »Mum schimpft immer mit Tante Polly, weil sie so schlecht mit ihren Pflanzen umgeht. Das könnte der Blumentopf vor ihrem Café sein, die Sachen da drin sehen auch immer so traurig aus.«

Konstantin grinste. »Dann mal los!«

Wir verließen das *B&B* und joggten los in Richtung Gemeindewiese, wo sich Tante Pollys und Franks Café befand. Ben und seine Freundin liefen ebenfalls Hand in Hand diesen Weg, allerdings steuerten sie auf die Statue von Sigismund dem Schönen zu. Im Gegensatz zu allen anderen Teilnehmern, die die Suche offenbar eher gemütlich angehen ließen, waren die beiden mit Feuereifer bei der Sache und würden zweifellos eine ernstzunehmende Konkurrenz für uns werden.

Vor Franks und Pollys Café standen tatsächlich zwei bemitleidenswerte Pflänzchen. Die aber eine große Ähnlichkeit hatten mit dem Buchs auf dem Bild. Und wirklich, nach ein bisschen Scharren in der Blumenerde förderte ich ein hellblaues Plastikei zu Tage.

»Ta-da!« Schnell drehte ich es auf und gab den zweiten Zettel Konstantin, der ihn auffaltete und glattstrich.

»Eine Schaukel, ich weiß, wo die ist!«

»Auf dem Spielplatz hinter der Kirche?«

»Nee, ich glaube eher, das ist der neben der Schule, komm! Wäre ja gelacht, wenn wir nicht den ersten Preis bekommen! Ich will den Korb mit dem größten Geschenk drin haben!«

Ich kicherte, als wir gemeinsam zum Spielplatz liefen. War ja klar, dass diese Schnitzeljagd genau das Ding von Konstantin war, schließlich liebte er Wettkämpfe über alles. Ich glaube, das war auch der einzige Grund, warum er im Ruderclub der Schule war. Weil die so gut wie immer gewannen.

Wir erreichten den Spielplatz zwar ziemlich schnell, aber dort dauerte es einige Minuten, ehe wir das Ei im Sand unter der Schaukelanlage fanden. Doch Konstantin suchte mit vollem Eifer und johlte triumphierend, als er es schließlich ausgegraben hatte.

Der nächste Hinweis führte uns zur Bücherei, und Konstantin steckte mich an mit seinem Ehrgeiz. Wir rannten aufgeregt durch die Straßen, begegneten außer Tante Polly und Frank, die mit einem Ei in der Hand gemütlich in Richtung Rathaus spazierten, niemandem sonst, und malten uns schon aus, wie wir Ewigkeiten vor den anderen ins Ziel kommen und den riesigen Korb einsacken würden, als ich plötzlich wie angewurzelt stehen blieb.

Denn da war etwas.

In der Luft.

Und Konstantin hatte es auch gerochen. Er kam ein paar Schritte weiter zum Stehen, wirbelte zu mir herum und schaute mich mit großen Augen an.

Der Zimtschneckengeruch!!!

Beinahe hatte ich vergessen, wie es sich anfühlte, in Parallelwelten zu springen. Mein – beziehungsweise unser – letzter Sprung war schon ein paar Wochen her. Wochen himmlischer Ruhe und Unaufgeregtheit. Konstantin hatte zwar schon angefangen zu jammern – dem konnte es ja nie spannend genug sein, und er liebte unsere gemeinsamen Ausflüge in andere Welten –, aber ich genoss diese ruhige Zeit sehr, denn solche Parallelweltsprünge versprachen meistens nicht viel mehr als Stress und Ärger (ich sage nur: Schwimmwettkampf!), und auf beides konnte ich ganz prima verzichten.

Na, mal sehen, ob Konstantin sich heute auch freute, wo er so scharf darauf war, einen von Mums Hauptpreisen zu gewinnen. Denn ob das jetzt noch klappen würde, mit unseren Parallel-Ichs an unserer Stelle bei der Schnitzeljagd, wagte ich zu bezweifeln. Normalerweise waren die immer total durcheinander, weil sie überhaupt nicht wussten, was los war, und taten – im besten Fall – gar nichts. Im ungünstigsten Fall machten sie irgendwelche komischen Sachen, die Konstantin und mich in Schwierigkeiten brachten – obligatorisches Zimmer-Verwüsten und Doofe-Ferienjobs-Aufhalsen waren da nur der Anfang.

Darum konnte ich mir nur gerade leider keine Gedanken machen, denn ich musste erst mal selber sehen, wo ich gelandet war. Ein eisig kalter Wind pfiff mir in der Parallelwelt um die Nase und wehte mir die Haare ins Gesicht. Zwischen meinen braunen Strähnen konnte ich Grün erkennen, eine Wiese, und ich hatte meine Knie gebeugt, als ob ich gerade in die Hocke gehen wollte.

»So bleiben, Vicky!«, hörte ich meine Parallel-Mum rufen, und ich verharrte in der Bewegung, obwohl ich keine Ahnung hatte, was sie meinte. Aber ich war mittlerweile trainiert darauf, in der Parallelwelt möglichst nicht aufzufallen und ganz in die Rolle der jeweils anderen Vicky zu schlüpfen.

»Nur noch ganz kurz, ich hab's gleich!«, sagte sie noch mal, und ich versuchte stillzuhalten, denn das war es wohl, was hier gerade angesagt war.

Und das hätte ich auch wirklich hinbekommen.

Ehrlich.

Wenn nicht plötzlich jemand hinter mich getreten wäre und mir ins Ohr geplärrt hätte.

Möööhhh!

Vor Schreck verlor ich das Gleichgewicht in meiner komischen Körperhaltung und fing an, wild mit den Armen zu rudern. Und dadurch, dass mir immer noch die Haare wie ein Fransenvorhang ins Gesicht fielen, hatte ich keine Orientierung, woran ich mich festhalten konnte.

Mit einem dumpfen Aufprall ging ich zu Boden.

Ich hörte Mum praktisch schon lachen, noch ehe mein Hintern die morastige Wiese berührt hatte.

MÖÖÖHHH!, machte es jetzt direkt über mir, und ein muffiger Geruch nach vergorenem Gras und Erde strömte in mein Gesicht. *MÖÖÖHHH-ÖÖÖHHH!*

Uaaahhhh.

»Hilfe!!!«

Auf Händen und Füßen schob ich mich rückwärts weg von dem Ding, wobei ich tiefer und tiefer im matschigen Gras versank. Mum lachte immer lauter, und ihre Handykamera klickte hektisch – der einzige Indikator für mich, dass mein Leben wegen dieses Dings nicht auf dem Spiel stand, sonst wäre ich mir nämlich nicht so sicher gewesen.

Einen Lachanfall später hörte ich von Mum endlich ein halbherziges »Kschschsch, kschschsch, weg da, kleines Schaf!«. Aber ihre Worte gingen immer noch in ihrem Glucksen unter.

Zumindest vertrieb sie das Vieh für einen Moment, so dass ich mir die Strähnen aus dem Gesicht streichen konnte, ohne dabei abgeschlabbert zu werden. Wobei ich mit meinen dreckigen Händen nur jede Menge Schlamm in den Haaren verteilte.

Mühsam rappelte ich mich auf. Meine Jeans waren komplett mit Matsch beschmiert, genau wie meine Hände und der halbe Rücken. Ach ja, und Gesicht und Haare jetzt natürlich auch.

Mum gluckste. »Ich glaube, ich lade dich erst mal auf eine Tasse Tee ein. Und eine Dusche.« Sie konnte gar nicht mehr aufhören zu lachen.

»Sehr witzig, wirklich!«, sagte ich. »Dabei bin ich so ein armes, armes Mädchen, das von seiner Mama getröstet werden muss. Komm her, Mum, nimm mich in die Arme, bitte, bitte,

Mami!«, sagte ich grinsend und ging mit ausgebreiteten Armen auf meine Mutter zu.

»Nein, nicht, Vicky, bitte … du machst mich auch total dreckig, nein, nein, NEIN!!!«

Egal, ob Parallelwelt-Mum oder nicht – ich würde sie schon kriegen. Ich stürzte auf sie zu, und mit einem lauten Aufkreischen hoppelte sie vor mir her.

Aber noch während wir über die hügelige Weide durch den Morast rannten, unterbrach der Zimtschneckengeruch mein Kichern.

Und Sekunden später war ich wieder zu Hause.

»Hey, ich hab die ganze Zeit versucht, dich zu erreichen, wo hast du denn gesteckt?«, fragte mich Konstantin, sobald ich wieder heimischen Boden unter den Füßen hatte. Seit einer Weile erlebten Konstantin und ich den Parallelweltsprungwahnsinn gemeinsam – und ich war heilfroh, endlich einen Verbündeten zu haben, und dass wir uns dort in der Fremde gegenseitig unterstützen konnten. Also, meistens jedenfalls.

Wenigstens war der Sprung heute eine recht kurze Angelegenheit, das hätte gut und gerne auch ein paar Stunden dauern können!

»Ich hab dich mindestens zehnmal angerufen, aber du hattest das Handy aus, warum hast du es nicht angemacht? Ich war zu Hause, also: mein anderes Ich. Beim Osterbrunch, mit der buckligen Verwandtschaft. Manche Dinge sind wohl einfach überall so langweilig wie hier.«

»Hm«, machte ich, weil ich mal wieder neidisch wurde. Ein kleines bisschen Aufregung bei den Sprüngen war ja okay, aber im Großen und Ganzen fand ich das alles ganz schön anstrengend. Vor allem aufdringliche Schafe auf matschigen Wiesen. Ich wollte auch mal Langeweile, herrje, war das denn so schwer?

»Ich war in der anderen Welt im Urlaub. Und hatte dort, äh, keinen Empfang.«

»Echt, im Urlaub? Wie cool! Wo denn? Was hast du gemacht?«

»Ach, ich war mit Mum in England, wir haben eben einen Spaziergang gemacht.« Na ja, oder so ähnlich.

»Immer erlebst du die spannenden Sachen!« Bewunderung schwang in seiner Stimme mit, und weil ich ihm nicht die Illusion nehmen wollte, beließ ich es dabei. Besser, er stellte sich mich vor, wie ich mit Mum irgendwo schick flanierte, als dass er von meinem peinlichen Ausrutscher von und mit dem wolligen Ungeheuer erfuhr.

»Was haben denn die anderen beiden während unserer Abwesenheit gemacht?«, lenkte ich nun das Thema auf etwas Wichtigeres, und Konstantin zuckte mit den Schultern.

»Ich weiß nicht genau. Wir waren ungefähr zehn Minuten weg, und die zwei standen noch an derselben Stelle, an der wir waren, bevor wir gesprungen sind.«

»Wenigstens haben sie uns damit wahrscheinlich nicht in irgendwelche Peinlichkeiten verwickelt.«

»Aber die Chance auf den Hauptpreis könnte schwinden, wenn wir uns nicht beeilen. Komm, dann weiter, wir wollten doch zur Bücherei!«

Als wir an unserem nächsten Ziel angekommen waren, lag es an mir, das hellblaue Ei zu finden. Konstantin tippte nämlich unablässig auf seinem Handy rum.

»Ich hinterlasse Nachrichten für unsere anderen Ichs – damit sie wissen, was los ist. Ja, keine Sorge, ich bin ein bisschen freundlicher als sonst. Ich hab schon einen Text vorbereitet und in der Cloud abgelegt, den muss ich nur noch kopieren und hier einsetzen ... warte mal, wo war der gleich noch wieder ...«

Ich hörte ihm nur mit halbem Ohr zu. Das Bild, das Mum in das letzte Ei gelegt hatte, zeigte nämlich das Schild über dem Eingang zur Bücherei. Und wirklich, dort oben über der Eingangstüre auf dem Backsteinvorsprung lag das Ei. Für mich als Winzling eine unlösbare Aufgabe. Da war mit Klettern nix zu machen. Erst als Konstantin mich auf seine Schultern nahm, konnte ich es erreichen. Ich würde mit Mum dringend ein Gespräch führen müssen über faire Verstecke. Bei unserem Weg quer durch die Stadt hatten wir hier und da noch ein paar Eier von anderen Teams gesehen – und die lagen allesamt in bequemer Einsammelhöhe. Wahrscheinlich wollte sie es Konstantin und mir extra schwermachen, das traute ich ihr durchaus zu.

Auf dem nächsten Bild jedenfalls erkannte ich den Wetterhahn unserer Kirche.

»Wehe, wenn wir da bis aufs Dach steigen müssen«, murmelte ich, als Konstantin mich schon wieder mit sich zog. Nachdem er seine Pflichtnachrichten an unsere Parallelversionen platziert hatte, packte ihn nun wieder der Kampfgeist.

»Vicky, schau mal, da liegen noch rosa Eier, das sind die von Nik und Pauline, oder? Die übertrumpfen wir auf jeden Fall!«

»Und wem gehören die himbeerfarbenen? Von denen hab ich auch einige gesehen.«

»Ich glaube, David und Charlotte. Aber die haben wahrscheinlich was Besseres zu tun!«, sagte er grinsend, als wir vor der Kirche ankamen.

Wahrscheinlich mal wieder knutschen, dachte ich. Das machten die beiden nämlich praktisch seit über einem halben Jahr durchgehend, seit sie zusammengekommen sind. Und das war nichts, wobei ich ihnen unbedingt zuschauen wollte.

»Siehst du schon was?«, fragte ich stattdessen, als Konstantin anfing, das Gestrüpp rund um die Kirche abzusuchen.

Diesmal war es nicht ganz so schwer – Mum hatte das Ei in ein altes Amselnest gelegt, in einem Strauch direkt neben den Stufen zum Eingang.

»Na, wer sagt's denn, jetzt haben wir wieder ein bisschen aufgeholt. Und das nächste Ziel ist … Sigismund!«

Also wieder zurück zur Gemeindewiese, auf der die Statue unseres potthässlichen Stadtgründers Sigismund dem Schönen stand. Um mangelnde Bewegung mussten wir uns heute wenigstens keine Sorgen machen, wir hatten mittlerweile sicher schon etliche Kilometer zurückgelegt. Zu Fuß wohlgemerkt, weil Mum sich diese bescheuerten Spielregeln ausgedacht hatte.

Doch ehe wir den Kirchplatz verlassen konnten, stöhnten wir gleichzeitig auf und hielten uns an der Parkbank fest, neben der wir gerade standen.

Der Zimtschneckenduft hatte uns eingehüllt. Und eine Sekunde später verschwanden wir wieder aus unseren Körpern.

Ich war ziemlich erleichtert, als ich mich bei diesem Sprung nicht mit dem Hintern im Schlamm wiederfand, sondern auf meinen beiden Beinen. Wie so oft war ich in derselben Parallelwelt wie eben gelandet – meistens sprangen Konstantin und ich mehrmals hintereinander in dieselbe Welt, ehe es wieder eine längere Pause gab und es dann irgendwann später woandershin ging.

Meine Parallel-Mum und ich hatten mittlerweile die Schafweide hinter uns gelassen, und wir gingen nun eine schmale Straße entlang, die sich die Hügel hinauf- und hinabschlängelte.

Doch sogar Mum war in der Zwischenzeit das Lachen vergangen – denn es hatte angefangen, wie aus Eimern zu schütten. Meine matschverschmierte Hose hing schwer an mir, und meine Wanderschuhe waren so mit Dreck verklebt, dass jeder von ihnen gefühlt fünf Kilo wog, während mir das Wasser von meiner zu kurzen Kapuze ins Gesicht tropfte. Meine Füße taten weh, ich hatte Hunger, Durst, fror, und vermutlich stank ich auch zum Himmel nach Schafsdreck.

»Warum sind wir gleich noch hier?«, fragte ich Mum, die müde lächelte.

»Weil wir einen ganz tollen Englandurlaub machen und die frische Landluft genießen. Ach ja, und weil wir uns nachher mit deinem Dad treffen und mit ihm in ein Wellness-Hotel fahren«, fügte sie hinzu, und ich ballte die Fäuste.

Hätte ich nicht einfach ein bisschen später in die Parallelwelt springen können, wenn ich in einem flauschigen Bademantel auf einer Liege im Hotel saß und ein Buch las? Warum musste ich immer nur irgendwo da sein, wo es Schwierigkeiten gab oder doofe Schafe oder Matsch oder Dauerregen? Immer war ich zur falschen Zeit am falschen Ort, es war zum Verrücktwerden.

Mum würde mir diese Fragen allerdings nicht beantworten können. Deshalb sagte ich nur mürrisch: »Hm.«

»Es ist nicht mehr weit, Schatz. Da vorne ist schon der Pub, dort wärmen wir uns auf und trinken Tee.«

»Hm«, machte ich wieder und dachte an Konstantin. Der jetzt in der Parallelwelt bei seinen Eltern am Frühstückstisch saß.

Und den ich plötzlich ganz schrecklich vermisste …

Glücklicherweise holte mich der Zimtschneckengeruch wieder ein, ehe mir vor Müdigkeit die Beine wegknickten. Ich sprang zurück – und fand mich fast an der gleichen Stelle wieder, von der ich vorhin abgesprungen war. Konstantin stand neben mir – mitten auf dem Kirchplatz, neben der Parkbank, mit dem hellblauen Ei und dem Sigismund-Hinweis in der Hand. Unsere Parallelausgaben schienen wirklich nicht das geringste Interesse zu haben, ein bisschen mitzumachen und uns zu helfen. Die hatten mal echt die Ruhe weg. Dabei hatten sie doch bestimmt Konstantins Nachricht bekommen und wussten wenigstens so ungefähr, worum es ging. Vorausgesetzt, sie hatten überhaupt in ihre Handys geschaut, natürlich.

»Jetzt haben wir wieder kostbare Zeit verloren!«, murrte mein Freund, als er bemerkte, dass der von ihm anvisierte Hauptpreis in immer weitere Ferne rückte. »Hoffentlich liegt unser Ei überhaupt noch an der Statue, ich hab vorhin diese beiden alten Schachteln mit den Dauerwellen da suchen sehen. Nicht, dass wir es nicht mehr finden.«

Doch wir hatten Glück. Auf dem untersten Sockel lag unser hellblaues Ei, direkt neben dem rosafarbenen von Pauline und Nikolas. »Also, wenn wir schon nicht gewinnen – die beiden sicherlich auch nicht«, bemerkte Konstantin wohlwollend und faltete den nächsten Hinweis auseinander.

»ir 66«, las er vor. »Was soll das sein?«

»Lass mal sehen«, sagte ich und nahm ihm den Zettel aus der Hand.

»Das ist das Schild von Priscillas Friseurladen. *Hair 66*. Mum hat wirklich ganze Arbeit geleistet, ich frage mich nur, ob da die Gäste von außerhalb überhaupt eine Chance auf einen Gewinn haben. Um die Stationen zu finden, muss man sich hier ja wirklich auskennen!«

Also wieder im Laufschritt zurück. Mittlerweile hatten sich die Wolken verzogen, die Sonne kam raus, und ich geriet langsam ins Schwitzen. Als wir am Salon ankamen, musste ich meine Jacke ausziehen und sie mir um die Taille knoten, weil ich es sonst nicht mehr aushielt.

Aber glücklicherweise erwartete uns unser Ei direkt auf dem Werbeaufsteller für Shampoo vor der Tür.

»Jetzt müssen wir doch bald durch sein! Wie viele haben wir jetzt, acht, neun? Kommt jetzt nicht endlich mal ein Hinweis, dass wir ins *B&B* zurückgehen sollen?«

Konstantin schüttelte enttäuscht den Kopf. »Wir haben erst sieben. Und jetzt müssen wir zu Ludwigs Bäckerei.«

Ich hatte einen wirklich ungeduldigen Fluch auf den Lippen, als es schon wieder passierte.

Der Zimtschneckengeruch hüllte uns ein, und gerade, als Konstantin nach meiner Hand griff, verschwanden wir in eine andere Welt.

Und unsere Chancen auf einen Sieg bei der Schnitzeljagd sanken immer weiter.

Bei diesem Sprung landete ich endlich an einem trockenen Ort. In der altmodischen, dunklen, miefigen Damentoilette eines kleinen Pubs mitten in England.

»Na siehst du, die Klamotten passen doch!«, sagte Mum jetzt zu mir und hielt sich die Hand vor den Mund, damit ich ihr Kichern nicht sah. Heute fand sie anscheinend alles lustig.

Ich sah an mir herunter, und – nein, ich wollte es nicht! Aber sogar ich musste lachen.

»Die Hosen sind wirklich der letzte Schrei«, bemerkte ich, und Mum schüttete sich ebenfalls aus vor Lachen. Offenbar hatte mir jemand trockene Kleidung geliehen, damit ich mich umziehen konnte und mir nicht den Tod holte nach dem Schafsüberfall. Und jetzt steckte ich in einer achtziger-Jahre-neongrünen Leggins, einem grobmaschigen orangemelierten Strickpullover und in dicken Lammfellhausschuhen.

Ganz ehrlich – mir war so kalt, und meine eigenen Klamotten stanken so erbärmlich, wie sie da auf der Heizung lagen, dass ich mit Vergnügen diese komischen Sachen trug.

»Mach mal ein Bild von mir«, bat ich Mum, »das muss ich

Konstantin schicken. Oder nein, lieber Claire!« Die hoffentlich auch hier meine besserwisserische Freundin war. Manchmal vergaß ich, dass ich gar nicht ich selbst war und es tausend Millionen Möglichkeiten gab, wie mein Leben in dieser Parallelwelt aussah. Andere Welten konnten schließlich alles bedeuten: andere Freunde, anderer Wohnort, andere Hobbys … Aber trotz der ungewohnten Umgebung schien ich hier meinem anderen Ich viel näher zu sein als bei jedem meiner bisherigen Sprünge.

Mum grinste, als sie ihr Handy aus der Tasche holte. »Bist du sicher?«

»Klar! Vielleicht glaubt sie mir, wenn ich ihr schreibe, dass der Look in London der letzte Schrei ist. Dann kauft sie sich bestimmt auch so was!«

Mum lachte und knipste mich. Zusammen mit dem altmodischen Fliesenmuster des Toilettenraumes wurde das Bild superschrecklich. Hashtag: KlamottedesGrauens.

Hoffentlich gab es hier Empfang, so dass ich es auch Konstantin schicken konnte! Sollte er ruhig mal sehen, was ich alles durchmachen musste. Meine anfängliche Scham hatte ich spätestens beim Anblick von mir in diesen Leggins über Bord geworfen. Außerdem war mein Karnevalskostüm dieses Jahr noch schlimmer gewesen – Mum hatte mich überredet, als Avocado zu gehen, während Pauline eine Brotscheibe gab. Aber mein Freund hatte das ganz prima ausgehalten.

Schließlich ging ich mit Mum wieder in den Gastraum, wo wir uns an einen gemütlichen Ecktisch setzten und uns ausgehungert über unseren Cream Tea hermachten: bester Tee, dazu Scones, Clotted Cream und Erdbeermarmelade. Ich war am Verhungern, und Mum musste mir eine zweite Portion bestellen, damit ich auch nur ansatzweise satt wurde.

Zwischendrin schickte ich Bilder an Konstantin – es gab sogar WLAN im Pub, es war zu schön, um wahr zu sein. Und wie erwartet, antwortete er prompt. Mit jeder Menge Herzchen und lachenden Gesichtern.

Doch gerade, als ich eine freche Antwort eintippte, zog der Zimtgeruch auf.

Es ging wieder nach Hause.

Wenigstens lachte Konstantin diesmal, als wir wieder in unserer Welt waren. Die Bilder von meinem Outfit im Pub hatten ihn so aufgeheitert, dass er sich noch nicht mal beschwerte, als wir feststellten, wo wir waren.

»Immer noch neben dem Friseursalon, war ja klar«, sagte er schon beinahe resigniert.

Mir war außer unserem Aufenthaltsort noch etwas anderes aufgefallen. Ich fasste mit der Hand an meine Lippen. Sie fühlten sich ziemlich rau und irgendwie geschwollen an. Ganz, als ob …

Konstantin war es offenbar im selben Moment aufgefallen. »Das ist jetzt nicht wahr, oder? Die knutschen die ganze Zeit! *Deshalb* geht da nix vorwärts!«

Ich lachte, weil er so entgeistert guckte. »Klar, und weißt du auch, wieso? Weil sie in ihrer Welt gerade getrennt sind. Parallel-Vicky stapft mit ihrer Mum schon wer-weiß-wie-lange durch England, und dein anderes Ich muss zu Hause bei der Verwandtschaft sitzen. Sie scheinen sich, äh, sehr gefreut zu haben, dass sie sich hier getroffen haben.«

Konstantin nickte. »So gesehen …«

Ein breites Grinsen zog sich über sein Gesicht, ehe er blitzschnell zu mir kam und mir einen Kuss auf den Mund hauchte.

»Ich dachte, wir haben keine Zeit für Pausen. Wegen der Schnitzeljagd und so«, sagte ich atemlos, als er mich wieder losließ.

»Klar will ich gewinnen. Die Riesenkörbe sahen schon spitze aus. Aber genauso freue ich mich darauf, wenn wieder Ruhe eingekehrt ist. Denn dann gehörst du wieder mir. Ganz allein. Und dann darf ich mit dir machen, was ich will!«

Mein Gesicht lief knallrot an. »Äh – was willst du denn machen?«

Konstantin stellte sich wieder so nah vor mich, dass sich unsere Schuhspitzen berührten, und schlang die Arme um meine Taille.

»Videospiele zocken«, flüsterte er. Und als mir wohl für einen Moment meine Gesichtszüge entgleisten, lachte er und lehnte seine Stirn an meine. »Küssen geht aber auch.«

Er drückte noch einmal sanft seine Lippen auf meinen Mund. Ein kleiner Vorgeschmack auf das, was er dann so vorhatte. Puh, selbst nach einem Dreivierteljahr bekam ich immer noch Puddingbeine, wenn er das mit mir anstellte. Im Gegenteil, manchmal hatte ich das Gefühl, dass es immer schlimmer wurde mit dem Verliebtsein. War das überhaupt möglich? Ich musste unbedingt Mum fragen, die schien sich da wegen Dad und so ja bestens auszukennen, oder vielleicht Tante Polly, die gerade so etwas Ähnliches mit ihrem Frank durchmachte …

Plötzlich löste Konstantin sich von mir. »So ein Mist!«

Er zog sein Handy aus der Hosentasche, das wild in seiner Hand vibrierte.

»Das ist Nikolas, der lässt es Sturm klingeln. Irgendwas ist da los.«

Ich versuchte, mir meine Enttäuschung über den unterbrochenen Kuss nicht anmerken zu lassen. »Geh ruhig ran, ist sicher wichtig.«

Konstantin hatte schon das Telefon am Ohr, und der hübsche Mund, der mich gerade so toll geküsst hatte, wurde plötzlich zu einer verkniffenen schmalen Linie.

»Wir sind unterwegs. Halt sie auf, um Himmels willen, Nik, halt sie bloß auf!«

»Wen soll er aufhalten?«, fragte ich, aber Konstantin hatte schon meine Hand genommen und zog mich hinter sich her. Gemeinsam rannten wir in einem Affentempo wieder zurück in Richtung Gemeindewiese.

»Wir müssen sofort zu euch nach Hause!«, sagte Konstantin schnaufend. »Pauline hat die Drops gefunden!«

Vor Schreck stolperte ich gerade beinahe über meine eigenen Beine. »W-w-was?«

»Schnell, vielleicht ist es noch nicht zu spät!«

Die Schnitzeljagd nach den Eiern und den Riesennestern war augenblicklich vergessen. So schnell wir konnten, stürmten wir nach Hause.

»Sie sind hinten«, keuchte Konstantin und sprang vor mir mit einem eleganten Schwung über den Zaun, während ich mit zitternden Händen am Türöffner rumfummelte und wertvolle Sekunden verlor.

Der Garten unseres neuen Hauses war so ähnlich angelegt wie der des *B&Bs* – Mum hatte sich nämlich damals einiges von der Vorbesitzerin Frau Glockengießer abgeschaut. Allerdings war er größer, hatte einen kleinen gemauerten Pool mit himmelblauen Mosaikfliesen und einen Holzpavillon daneben.

Und genau dort standen Nikolas und Pauline, augenscheinlich in eine erhitzte Diskussion vertieft, als Konstantin und ich schweratmend bei den beiden ankamen.

Aber nicht ihr Streit ließ mein Herz beinahe stehen bleiben, sondern ein kleiner Gegenstand, der in Paulines Hand aufblitzte.

Eine silberne Metalldose.

Die mir sehr, sehr bekannt vorkam.

»Pauline!«, sagte Nikolas verzweifelt, aber seine Miene hellte sich ein wenig auf, als er Konstantin und mich sah. »Da seid ihr ja endlich! Sie hat die Dose in deinem Zimmer gefunden, Vicky, sie ist einfach da reinmarschiert und hat sie sonst wo hergezogen. Ich hab sie nicht abhalten können, vielleicht könnt ihr sie zur Vernunft bringen?«

Pauline hielt entrüstet die Dose in die Höhe. »Vernunft? Genau das versuche ich dir ja die ganze Zeit zu erklären! Wie vernünftig es wäre, wenn ich die übrigen Zimtdrops essen würde und endlich mal so richtig loslegen könnte mit der Forschung! Da passiert nämlich gerade so rein gar nichts mehr!«

Ich ging einen Schritt auf meine beste Freundin zu, als ob sie ein verschrecktes Tier wäre, das ich einzufangen versuchte. Aber die Drops, die Konstantin und mir das Parallelweltspringen eingebrockt hatten, waren wertvoller als der Verlobungsklunker von Paris Hilton. Und eine Million Mal schicksalhafter.

»Pauline, hör mal, das hatten wir doch schon. Wir wissen alle nicht, was passiert, wenn du die Bonbons isst.« Na ja, eigentlich wussten wir das schon. Schließlich sprang Konstantin ja gemeinsam mit mir, seit er sich vor einem Dreivierteljahr eine Handvoll von den Zuckerdingern in den Mund geschoben hatte – auch wenn er damals gar nicht wissen konnte, was passieren würde. Aber ich musste Pauline irgendwie hinhalten, da war mir jedes Argument recht, auch wenn es noch so fadenscheinig war. »Ich meine, die sind mittlerweile ja schon wirklich uralt, wer weiß, wie sich die Wirkstoffe verändern, und, äh …«

Hilfesuchend schaute ich mich nach Konstantin um, der einen Blick mit Nikolas wechselte und dann nickte.

»Vicky hat recht, Pauline«, sagte er, »das Risiko ist viel zu groß, dass etwas schiefgeht. Außerdem brauchen wir dich hier, um unsere anderen Ichs in Schach zu halten. Irgendwer muss ja schließlich den Überblick behalten, während wir in irgendeinem Schlamassel stecken. Und uns Ratschläge geben und so was alles.«

Pauline stampfte mit dem Fuß auf, so dass der Holzboden unseres Pavillons vibrierte. »Das ist es ja eben! Ich will auch mal in so ein Schlamassel kommen! Nicht nur von außen zuschauen! Ich will mittendrin sein, ich will fühlen, wie es ist, in einem anderen Ich zu stecken!« Hektisch begann sie, am Deckel der Dose rumzufummeln, aber sie schaffte es nicht, sie zu öffnen.

»Sag das nicht«, sagte ich, aber Nikolas unterbrach mich.

»Bitte nicht, Pauline«, sagte er und versuchte, ihr die Dose wegzunehmen. Aber das machte sie nur fuchsteufelswild.

»Du hast mir nichts zu sagen, immer sagst du nur, dass ich die Drops nicht nehmen soll! Dabei wünsche ich mir nichts mehr als das!«

»Und was glaubst du, warum ich das sage???«

Konstantin und ich hielten erschrocken inne, als wir Nikolas schreien hörten. Das hatte er nämlich noch nie getan, seit ich ihn kannte. Obwohl er sonst so sanftmütig war, kämpfte er nun um seine Fassung, und seine dunklen Augen glänzten. Pauline war offensichtlich ebenfalls überrumpelt, denn sie schnappte für einen Moment nach Luft.

Nikolas kam ihr kurzes Schweigen gerade recht, denn er hatte sich in Rage gebrüllt.

»Was glaubst du denn, warum ich nicht will, dass du auch springst? Weil ich eine Scheißangst um dich habe, deshalb! Ich mag mir gar nicht vorstellen, was dir dort alles passieren könnte, oder hier, also, deinem anderen Ich in deinem Körper, ach … was weiß ich! Was soll ich denn tun, wenn dir was passiert? Was soll ich denn ohne dich machen?«

In unserem Garten war es mucksmäuschenstill geworden.

Nikolas stand Pauline völlig aufgewühlt gegenüber, die ihn mit großen Augen anstarrte.

Uns hatten die beiden total vergessen, was mir ganz recht war. Ich wollte mich am liebsten in Luft auflösen. Konstantin schien es ähnlich zu gehen, denn er schob sich lautlos neben mich und nahm meine Hand.

Aber ehe wir uns auch nur ansatzweise zurückziehen konnten, hörten wir die Rufe.

Die immer näher kamen.

»Vicky? Konstantin? Seid ihr da-ha?« Meine Mutter hatte mal wieder das allerbeste Timing! Fröhlich wie die mittlerweile strahlende Frühlingssonne kam sie in den Garten gelaufen, ihr mintfarbenes Kleid schwang hin und her, und der Hut saß perfekt wie immer. »Juhu, da seid ihr ja alle, prima, dass ich euch zusammen erwische.« Sie kam in den Pavillon und sah uns der Reihe nach an. Wenn sie gemerkt hatte, dass bei uns gerade etwas so gar nicht stimmte, konnte sie es prima verbergen. »Alles klar hier? Wie sieht's mit den Eiern aus? Ich kann mich gar nicht erinnern, dass ich hier drin auch welche versteckt habe, aber egal, die Schnitzeljagd ist eh vorbei. Die Hauptpreise sind weg, die Stammgäste haben sie gewonnen – ja, ich weiß, das war nicht ganz fair, aber ich will doch, dass sie sich freuen, die sollen doch alle wiederkommen. Na ja, nicht unbedingt das Röschen, aber dieses Mal war sie gar nicht so übel, vielleicht liegt das ja an ihrem neuen Freund, der sie ihren Appetit vergessen lässt oder so, na, egal, jedenfalls –« Sie holte tief Luft und sagte: »Ihr habt zwar nicht die Hauptpreise gewonnen, dafür bekommt ihr von mir das hier. Fürs Mitmachen. Viel Spaß!«

Sie drückte jeweils Pauline und mir ein dickes Kuvert in die Hand, und Nikolas war so geistesgegenwärtig, dass er Pauline just in diesem Moment der Ablenkung die silberne Dose entwand und Konstantin reichte, der sie augenblicklich in den Tiefen seiner Jeans verschwinden ließ.

»Das sind Kinogutscheine«, sagte ich, während meine Mum sich wieder entfernte, aber Pauline rührte sich nicht. Sie starrte immer noch Nikolas an, der ihrem Blick standhielt. Sichtlich nervös wegen dem, was er gerade gesagt hatte.

»Du hast Angst um mich?«, flüsterte sie und drückte den Umschlag an ihre Brust.

Nikolas nickte langsam.

Diesmal nutzten Konstantin und ich geistesgegenwärtig die Gelegenheit. Langsam, Schritt für Schritt und mit angehaltenem Atem, gingen wir aus dem Pavillon, um dann immer schneller zu werden und schließlich im Laufschritt im Haus zu verschwinden.

Erst als wir in meinem Zimmer angekommen waren, traute ich mich, wieder tief Luft zu holen.

»Das hätte richtig böse ausgehen können«, sagte Konstantin und wischte sich mit dem Ärmel den Schweiß von der Stirn, ehe er sich neben mich aufs Bett setzte. Er hatte die Metalldose aus der Hosentasche genommen und drehte sie gedankenverloren in den Händen.

Für ein paar Minuten saßen wir schweigend nebeneinander. Ich glaube, wir beide mussten erst mal kurz sacken lassen, was beinahe passiert war.

Irgendwann sagte er: »Die Dose geht wirklich nicht auf.«

»Natürlich nicht. Ich hab sie ja auch mit Sekundenkleber zugeklebt.«

Konstantin grinste, aber ich zuckte nur mit den Schultern.

»Ich kenne Pauline schließlich schon lange genug. Manchmal muss man sie vor sich selbst schützen. Zum Glück habe ich das Rezept aus dem Haus geschafft und an einem Ort versteckt, wo sie es garantiert nicht finden kann. Vermutlich würde sie durchdrehen, wenn sie erfährt, dass es das noch gibt.«

Meine Zimmertür quietschte, und Konstantin und ich erstarrten, als wir Nikolas und Pauline auf der Schwelle stehen sahen.

Paulines Gesichtsausdruck war unergründlich, aber Nikolas' entsetztem Blick zufolge hatten die beiden jedes Wort unserer Unterhaltung gehört.

»Ja, vermutlich würde ich wirklich durchdrehen«, sagte Pauline tonlos, und das Herz rutschte mir in die Fußspitzen.

Taumelnd sprang ich auf und ging einen Schritt auf meine beste Freundin zu. »Pauline, bitte ... sei nicht böse. Aber diese ganze Parallelweltspringerei bringt alles so durcheinander, und ich brauche einfach jemanden, der *hier* mein Fels in der Brandung ist. Und das kannst nur du! Bitte, ich wollte dich nicht ärgern oder ausschließen. Ich hatte nur Angst, dass alles total außer Kontrolle gerät, wenn es noch mehr von den Drops gibt!«

Die Luft in meinem Zimmer war zum Schneiden dick, doch nach einer Weile stieß Pauline die Luft aus und nickte langsam. »Ich hab's schon verstanden. Und es ist okay.«

Mühsam schluckte ich die aufsteigenden Tränen runter. »Es ist ... *okay*?«

Pauline nickte, und ein leichtes Lächeln stahl sich auf ihre Lippen. »Nikolas hat es mir erklärt. Es ist in Ordnung. Ich passe auf, dass alles so ruhig wie möglich läuft, wenn ihr weg seid.«

Ihre Stimme wurde fester, und die alte Pauline – die selbstbewusste, fordernde Pauline – kam wieder zum Vorschein: »Aber trotzdem werde ich weiterforschen und die Ergebnisse aufschreiben. Und ihr beiden führt ab jetzt wieder ein Logbuch, verstanden?«

Mir fiel ein Stein vom Herzen.

»Verstanden!«, sagten Konstantin und ich sofort wie aus einem Mund. Wir hätten ihr vermutlich alles versprochen, nur um die brenzlige Situation zu entschärfen.

Doch das hatte schon jemand anderes getan. Ich sah zu Nikolas, der seinen Arm fest um Pauline gelegt hatte und ihr einen Kuss auf den Scheitel drückte.

Pauline war mein Fels in der Brandung.

Und Nikolas war ganz offensichtlich ihrer. Derjenige, der mit ihr reden konnte, wenn bei mir alles aus war.

Am liebsten hätte ich ihn dafür abgeknutscht, aber ich beschränkte mich darauf, ihm dankbar zuzunicken.

»Und jetzt gehen wir rüber zu deiner Mutter ins *B&B*!«, sagte Pauline. »Ich brauche Schokolade. Und mir kann keiner erzählen, dass deine Mum nicht ein paar Ostereier für uns irgendwo hat oder einen Hasen. Wenn die anderen schon die dicken Nester abgesahnt haben!«

Das ließen wir uns nicht zweimal sagen. Gemeinsam gingen wir ein paar Häuser weiter zum *B&B*, wo alle Gäste und Mums Freunde im Garten und auf der Veranda saßen und die Frühlingssonne genossen.

Und natürlich hatte Mum Schokolade für uns.

Allerdings …

»Ich habe Eier und Hasen. Versteckt. Ihr müsst sie nur suchen!«

Diesmal war es Pauline, die am lautesten stöhnte. »Das kann doch nicht wahr sein!«

Kichernd nahm ich meine beste Freundin an die Hand und zog sie tiefer in den Garten. Bei der Schnitzeljagd mochte ich vielleicht nicht erfolgreich gewesen sein, aber hier im Garten kannte ich jedes Versteck in- und auswendig.

Bald hatte ich genug Naschereien für einen ordentlichen Zuckerschock gefunden und Pauline gleich mal zur Beruhigung ein großes Nougatei in den Mund geschoben.

»Mmmhhh …« Wir standen zusammen hinter den Rhododendren, ein Stück weg von den anderen. Die Jungs waren auf der Veranda geblieben und hatten uns das Suchen überlassen.

»Es tut mir wirklich leid«, sagte ich noch mal. »Sind wir wieder Freundinnen?«

Pauline leckte sich die Lippen und grinste dann. »Natürlich sind wir das. Die allerbesten. Und das wird auch immer so bleiben!«

Vor Freude fiel ich ihr um den Hals, und ich hätte weinen können vor Erleichterung. Es war wirklich alles wieder gut.

»Vicky? Kannst du mir einen Gefallen tun?«, fragte sie, als sie sich wieder von mir losmachte und sich noch ein Schokoei nahm.

»Jeden!«

»Dann zerstöre die letzten Drops. Und das Rezept.«

Ich starrte sie an. »Äh – warum?«

»Weil ich nicht mehr in Versuchung geraten möchte. Sonst

kann ich vielleicht trotzdem irgendwann an nichts anderes mehr denken, und der ganze Ärger geht von vorne los.«

Ich nickte langsam. »Wenn du das wirklich willst …«

»Ich will es!«

»Okay«, sagte ich. »Gut, ich mach es.«

Zufrieden nickte sie, als ob auch ihr eine Last von den Schultern genommen war. Dann hakte sie sich bei mir unter.

»Und jetzt gehen wir zu den Jungs und geben ihnen nix von unserer Schoki ab.«

»Das ist ja wohl klar!«

Lachend liefen wir zurück zu Konstantin und Nikolas, und es wurde noch ein perfekter Nachmittag. Die Sonne schien so kräftig, dass wir alle irgendwann im T-Shirt im Garten saßen und unsere Osterhasen schneller schmolzen, als wir sie essen konnten.

Es gab den ganzen Tag auch keine weiteren Parallelweltsprünge mehr.

Nur Pauline und Nikolas, die durch die Krise heute Mittag offenbar noch verliebter waren als vorher.

Und Konstantin.

Der sich jetzt neben mich auf die Picknickdecke setzte und mir mit der Hand über den Rücken strich.

Ich lehnte mich an ihn und deutete auf unsere Freunde, die gemeinsam in der Hängematte saßen, tuschelten und Händchen hielten. »Das war wirklich total süß vorhin von Nikolas.«

Konstantin nickte. »Und weißt du was? Ich hätte an seiner Stelle genau das Gleiche gesagt. Also, wenn es dich betroffen hätte.«

Mein Herz fing an, heftig zu pochen. »Echt?«

Konstantin nickte ernst. »Ich wüsste auch nicht, was ich ohne dich tun soll, wenn irgendwas passiert. Deshalb bin ich so heilfroh, dass wir seit einer Weile zusammen in die Parallelwelten springen. Als wir damals zusammengekommen sind, war es ganz schrecklich für mich, dass du gesprungen bist und ich nicht.«

»Aber … wieso?«, flüsterte ich.

»Weil ich auf dich aufpassen will, natürlich! Und das kann ich nur, wenn wir zusammen sind.«

Mit zittrigen Fingern streichelte ich über seine Wange. »Aber … wir sind doch zusammen.«

Er lächelte, ehe er sich nach vorne beugte und mich küsste.

»Cool. Dann hab ich nämlich immer jemanden, mit dem ich Videospiele zocken kann – he!!!«

ENDE

Die charmanteste Doppelgänger-Verwechslungs-Liebesgeschichte des Jahres von Dagmar Bach!

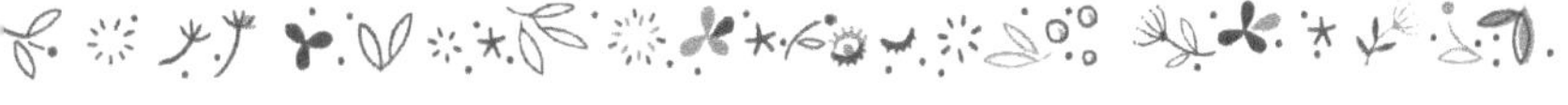

Zimt und weg
336 Seiten
ISBN 978-3-7335-0243-0

Zimt und zurück
384 Seiten
ISBN 978-3-7335-0244-7

Zimt und ewig
416 Seiten
ISBN 978-3-7335-0245-4

Zimt und verwünscht
224 Seiten
ISBN 978-3-7335-0505-9

Das gesamte Programm gibt es unter
www.fischer-sauerlaender.de

Geheime Wünsche, eine moderne Fee und jede Menge romantisches Liebeschaos!

Band 1: Glück und los!
400 Seiten
ISBN 978-3-7335-0490-8

Bestsellerautorin
Dagmar Bach
lässt Herzenswünsche
wahr werden!

Band 2: Glück und wieder!
400 Seiten
ISBN 978-3-7335-0494-6

Band 3: Glück und selig!
400 Seiten
ISBN 978-3-7335-0495-3

Das gesamte Programm gibt es unter
www.fischer-sauerlaender.de

Alle Bücher von Dagmar Bach

Habe ich *Wünsche ich mir*

Habe ich		Wünsche ich mir
	›Zimt und zurück‹ (Staffel I, Band 2	
	›Zimt und zurück‹ (Staffel I, Band 2)	
	›Zimt und ewig‹ (Staffel I, Band 3)	
	›Zimt und verwünscht‹ (Staffel I, Sequel)	
	›Zimt – Auf den ersten Sprung verliebt‹ (Staffel II, Band 1)	
	›Zimt – Zwischen den Welten geküsst‹ (Staffel II, Band 2)	
	›Zimt – Für immer von Magie berührt‹ (Staffel II, Band 3)	
	›Glück und los!‹ (Band 1)	
	›Glück und wieder!‹ (Band 2)	
	›Glück und selig!‹ (Band 3)	

Das gesamte Programm gibt es unter
www.fischer-sauerlaender.de

AZ_Wunschzettel_Bach / 11

Deine Wunschliste bitte hier ausschneiden.

Habe ich		*Wünsche ich mir*
	›Happy‹ (Junos Bay Band 1)	
	›Lucky‹ (Junos Bay Band 2)	
	›Truly‹ (Junos Bay Band 3) erscheint voraussichtlich im Frühjahr 2027	